JN007472
計画書
コウイチ
KADOKAWA

目次

装丁

木庭貴信

（OCTAVE）

校正

渡邉高志

企画協力

松田大和

村田正志

町田愛美

植村紗央理

本田裕美菜

（以上、UUUM株式会社）

写真

コウイチ

プロローグ

もしこうしていたらという考えは誰にでもあると思う。

もしあの時進学を選んでいたら、もしあの人と別れていなかったら、もしあのタイミングで町から出ていたら、もし、もし、もし……。

でも僕が言いたいのはこういうありふれたタラレバの話ではない。そんなことといつまでも昔話しかしない同級生との飲み会で腐るほど話しておけばいい。

僕の考える「もし」はもっと前向きなものだ。

もし混雑中のファミレスで食い逃げをしたらどうなるんだろう。もし平和ボケした田舎の銀行に強盗が来たら。もし気に入らない人間を動物に変える力があったら。

考えるだけで胸が高鳴ってくる。僕の脳内ではそれらの設定に則ったシミュレーションがいつまでも繰り広げられる。例えば突然町がゾンビで溢れかえるとする。そうした時に自分はどうするのか。まずはホームセンターに行き武器になりそうなものを収集する。そして車屋から盗んだ新車の高級車でショッピングモールまで行きシェルターを作る。モールでは逃げてきた町の住民たちに番号をつけ、そこのボスとして労働から食事まで全てを管理する。僕の独裁体制に不満を持った住民はやがて結託をして僕を殺そうと様々な策を考える。とても刺激的で楽しそうな生活だ。

でもふと我にかえり実際の町の様子を思い浮かべてげんなりする。

車社会で利用者のいない駅はゴーストタウンのように閑散としている。賑やかなのは国道沿いとモールだけで、商店街はほぼシャッターを閉め、ただの屋根のある通りになっている。

町では誰が聴いているのかもわからないローカルラジオが流れており、知らないＤＪがどうでもいい最近の話とどうでもいい手作りパンの話をいつまでも喋っている。

映画館も書店も潰れて娯楽は少なく、暇な高校生は物置の中で同級生とタバコをふかしている。服屋も大手格安チェーンがシェアを占めており、休日にモールに行けば同じ服を着た人間と２、３度すれ違うが、お互い気づかないふりをしている。

年に１度のお祭りはさほど盛り上がらず、ステージではいつどこでやってるのかわからない社交ダンス倶楽部の発表会が繰り広げられ、内輪だけでキャッキャと盛り上がっている。

町に芸能人が来れば大スターが来たかのように盛り上がり、誰が来たのかと尋ねてみれば、数年前に少しだけテレビに出ていた、顔も思い出せないレベルの芸人だ。テレビが来たぞと大騒ぎしたかと思えば、ローカル局のワイドショーが駅前のパン屋を数分紹介しただけだった。

地元出身の有名人は、聞いたこともない演歌歌手が1人いるだけで、その人物を大スターかのようにありがたがっている。

地元の学校に行き、地元で就職をし、地元のモールで休日を過ごし、地元の火葬場で骨にされる。1日は長いのに1年が過ぎるのは一瞬のこの町は、ただひたすらに刺激的な出来事を僕に渇望させる。朝になると新聞を開き、この町で強盗や殺人が起こっていないか、若い人が早死にしていないかをチェックする。しかしそんなことは滅多に起こるはずもなく、また長く退屈な1日を受け入れることになる。いつまで続くかもわからないこんな日々のことを考えて途方もない気持ちになるのを、妄想で誤魔化す毎日だ。

あーあ、畑に人工衛星でも落下してくれたら楽しいのに。車のタイヤが一晩で一気に町から消えたらワクワクするのに。

今日も僕は存在しているかも怪しい山の向こう側を眺めて1日をやり過ごす。

あーあ、映画館と書店が潰れていなかったら少しはマシだったのに。

1

川から這い出る1人の男がいた。灰色のスーツを身に纏い、カエルのような格好で川岸にしがみつく。その中年の男の名は金崎《かなさき》だ。髪をかき上げて満足げな表情を浮かべる。

「流石《さすが》にハッスルしすぎたな」

　金崎は水に濡れたスーツを絞ると空を見上げた。太陽の光が金崎の目の奥を刺激する。快晴だ。本来ならここで伸びをしてしばらく寝転がりたいところではあるが、金崎の頭にそんな優雅な発想は浮かばなかった。それよりも先に違和感という居心地の悪い感覚が金崎の頭を埋め尽くした。おかしい。金崎は川に落ちる直前の出来事を思い返す。

　俺は確か仕事が終わっていつも通り駅前の居酒屋で飲んでいたはずだ。店が閉まる時間になったから仕方なく歩いて帰っていた。そしたらやけに頭全体が熱くなった。それはもう今すぐ水に飛び込みたいくらいに。そしたら丁度橋に差し掛かったところで下に川が見えた。時間も遅いので車は1台も通ったりはしない。今ここで飛び込んだとしても自殺と間違われる心配はないだろう。なんだか清々しい気持ちになってきた。辺りにはカエルの鳴き声だけが響いている。

「よし、これはいっちょやってやりますか」

金崎は橋の手すりに登り、水泳選手のように構え、指先まで真っ直ぐ手を伸ばし、川に目掛けて飛び込んだ。金崎の脳内では完璧なフォームではあったが、水泳選手のような綺麗な着水は当然出来るはずもなく、大きな水飛沫《しぶき》を上げて川の底へと沈んでいった。水中から見える水面は月明かりに照らされている。冷たい川の水により一気に酔いがさめた金崎は、思いっ切り水をかき分けて水上を目指す。飛沫を上げて水中から抜け出した金崎は大きく息を吸い込んだ。そして川岸目掛けて泳ぎ始めた。この時から金崎はなんとも言えぬ違和感に襲われていた。頭上の開放感。水面に反射する光。妙に外が明るすぎるのだ。川岸に這い出た金崎はスーツの裾を絞り、空を見上げる。雲一つない快晴が上空を青く埋め尽くしていた。

「やっぱりおかしいよな。ついさっきまで深夜だったはずなのに、一瞬で昼に変わっちまってる」

金崎はまだ浮遊感のある頭を使ってその場でじっくりと考える。もしかすると、思ったよりも長い時間川の中にいたのかもしれない。いや、それはない。日が昇るまで川の中にいられるはずがない。だとしたら俺の帰り道は元々昼だったか。いや、まさかそんなはずはない。あれは仕事終わりだし確かに夜だった。

しばらくその場に立ち尽くしていた金崎だったが、結局答えは出ずに家の方角へと歩き出した。

橋を渡る最中、横切る車の数々にも違和感を覚える。見覚えのあるメーカーの車がほとんどだが、見たことのない車種ばかりが走っている。それになんというか車にしてはやけに静かだ。

橋を渡り、商店街の中に入る。ここでも金崎は居心地の悪い気分にさせられる。日中だというのにほとんどの店がシャッターを下ろしている。普段のこの時間帯なら大盛況とまではいかないが、ちらほらと人が歩いているはずだ。なのに今日の商店街は不気味なほど閑散としている。まるで町から人が消えたかのように。

金崎はシャッター街の中で唯一開いていた床屋の中に入った。もちろん髪を切る気などは毛頭ない。とにかく誰か人に会いたかったのだ。

幸いにも中には店主らしき男がいた。足を組み新聞を眺めている。店内にはローカルラジオが流れている。

「すいません。ちょっといいかい？」金崎は店主の顔を覗き込むようにして言った。

店主は新聞に向けていた顔を一瞬だけこちらに向ける。しかし、何も答えずすぐに新聞に目線を戻してしまった。

「あの、もしもし？」

店主の反応はない。ラジオからどうでもいい雑談が聞こえてくる。

「私は毎朝ウォーキングをするようになりました」

「ウォーキング!?　それまた何かキッカケとかがあったの？」

目の前の客よりこんなどうでもいいトークの方が重要なのかと金崎は苦笑する。

「おーい、聞こえてますか？」

「・・・」

「おいジジイ聞いてんのか？」

店主は変わらず金崎を無視し続ける。

「一見さんはお断りか」金崎はそう捨て台詞を吐き、床屋を後にした。

「ブハハハハ。それじゃあコーナーの方にいきましょうか。緑ちゃんよろしく」

去り際にラジオから聞こえてきた声に金崎は少しムッとした。

2

金崎はそれからしばらく歩き続け、ようやく自宅の付近まで辿り着いた。5年ほど前にローンを組んで買った2階建ての一軒家だ。少し金額をケチったせいで立地が少し郊外の方になってしまったが、金崎にとっては自慢のマイホームだった。

　家に近づくとまたさらなる違和感が金崎を襲った。なんだか壁が薄汚れているのだ。元々汚れが目立ちにくい灰色の壁材ではあったが、それでも気がつくほどだ。さらに近づくとその粗は目立ってくる。壁だけではない。窓もドアも全体的に薄汚れ、部分的に剥がれ落ちてすらいる。

　金崎は玄関の前に立ち、鍵を探そうとポケットに手を突っ込む。しかしおかしなことに普段鍵を入れているはずの右ポケットからは何も出てこない。「まさかな」と左ポケットを探してみるも案の定空っぽだ。おそらく川に落としてしまったのだろうと金崎はその場で肩を落とす。酔った勢いで飛び込まなければこんなことにならなかったのに。金崎はその場で自らの行いを深く反省した。

　そしておもむろにドアノブに手を伸ばした。もしかすると施錠を忘れて開いているかもしれない。希望はゼロに近いがやってみる価値はあるだろう。金崎は掴《つか》んだドアノブを手前に引っ張る。すると、不思議なことに金属の甲高い擦れる音を立てながらドアが開いた。金崎は思わず目を丸くした。幸運なことに偶然鍵をかけ忘れていたのだ。金崎は自分のズボラな一面に初めて感謝した。しかし、ドアの奥に広がっていた光景を見て絶句する。それは金崎がいつも帰る新築のマイホームとは程遠い光景だったからだ。壁はほとんどが剥がれ落ち、床には所々穴が空き、階段も底が抜け落ちて上るのが困難な状態だ。きっと何者かに荒らされたのだと金崎は瞬時に思った。しかし、よく眺めてみると金崎の家は人の手によってそうされたのとはまた違う荒れ方をしていた。時間を掛けてゆっくりと劣化していったような状態。人が居なくなり、役目を失った家が自然に還る現象。金崎の家は廃墟と呼ぶのが相応しい状態だった。

　これはどうしたものかと金崎は頭を抱えた。今日の俺はおかしい。いや、今日の町はおかしい。夜だった町が突然昼になるし、知らない車が道路を走っている。商店街はすっかり寂れて、自慢のマイホームが廃墟になっている。金崎はまるで自分が未来に飛ばされたような気分だった。というより、これらのことを踏まえて、金崎は自分が未来に来ているとほぼ断定していた。未来といっても明日や来週といった、生易しいものではなく、もっと何年も、もしかすると何十年も先の未来に来ているのかもしれない。

　金崎は恐ろしい気持ちを抱くと思いきや、この非現実的状況に高揚感すら覚えていた。まるで自分が小さい頃観ていた映画や小説の中に入ったような気持ちだった。ただ、いざ自分がそういった状況に陥った時に、金崎にはどうしたらよいのかがわからなかった。まず自分が今すべきなのは現在が西暦何年かを調べることだった。ただ、金崎はその前に自分がこの時代で一体何をしているかが気になって仕方がなかった。幸いにも車はまだ空を走っていないので、自分が生きている年代の可能性は大いにある。そうだ、職場に向かおう。金崎は駅前にある交番を目指して歩みを進めた。金崎は酔っ払って川に飛び込むような男だったが、この町の警察官であった。

交番に着くと１人の警察官が机に突っ伏して眠っていた。

「勤務時間中だというのにふざけた奴だ」

普段なら頭を引っ叩いているところだが、半ば旅行中のようなテンションの金崎は少し驚かせてやろうと居眠り警官に近づいた。

「おい！　何寝てるんだ」交番に金崎のドスの利いた声が響く。

「はい、すみません」と警察官はすぐに立ち上がり敬礼をした。見たところ年は若くまだ新米警官といった感じだ。

「おいパトロールはどうした」

「はい、これから向かうところです」

若い警官はまだ意識がはっきりしていない様子だ。

「名前はなんだ」

「若松《わかまつ》です」

若松は金崎の方を向いて敬礼をする。そして不思議そうな顔をして金崎の顔を覗き込む。

「あの、そちらはどなたでしょうか」

この物言いからして自分のことは知らないようだと金崎は察知した。おそらく俺はこの時代ではもうこの町の警官ではないのだろう。転勤か退職かはわからないが、金崎は少し寂しい気持ちになった。

「俺は金崎だ。お前の上司に当たる人物だ」

「上司ですか？」

「あぁ上司だ」

金崎はここから先のことを何も考えていなかった。今の状況を説明しようにも無理がある。ただの変人として追い返されてしまうのがオチだろう。2人の間に沈黙が流れる。

「上司というのはどういうことでしょうか？」

「お前は知らないと思うが、俺はある都合で存在が極秘にされている。だからお前とは初めましてではあるが、ずっとお前の上司に当たるポジションではあった」

口から咄嗟《とっさ》に出まかせが出てきたが、金崎は持ち前の威圧感で押し切る気でいた。

「えっと、もしかして公安的なやつですか？」

「そうだ、公安的なやつだ。お前に1つ協力してもらいたいことがある」

「はい、なんでしょう」

金崎は無論ここから先の言葉は何も考えていない。

「とりあえず俺の家に来てもらおうか」

この状況では理解不能な言葉を金崎は真剣な眼差しで若松に言う。

「え、家ですか？」と若松も困惑した様子だ。

「そうだ、家だ。さぁついてこい」

金崎は口が勝手に動くままその場を押し通した。そして自らが発した言葉通り、若松を連れて家の方角へと歩き出した。

「あの、協力して欲しいことというのはなんですか？」

「それは着いたらわかる。今は何も訊くな」

金崎はボロが出ないよう寡黙になるしかなかった。若松は不安げな様子で後をついてくる。

「あの、本当に公安なんですよね？　念のため手帳とか見せてもらえたりは」

「その件で今向かっている」

その件とはどの件なのか、言ってる本人ですらわかっていない。

「せめてどこまで歩くかだけでも教えてもらえませんか？」

「郊外にある家だ。２階建てで灰色の」と言ったところで若松が瞬時に反応する。

「え、もしかして１００万円の家のことですか？」

「なんだ１００万円の家って」

聞き慣れない単語に金崎はつい反射的に訊き返す。

「この町一番の心霊スポットですよ。あのボロ屋敷に１晩泊まれたら１００万円もらえるとかいう噂があるんです」

「ボロ屋敷だと？」金崎の語気はつい強くなったが、軽く咳払いをしてそれを誤魔化す。

「１００万円なんて一体誰が渡すんだ？」

「知りませんよ、ただの噂ですから。廃墟のヤバさを引き上げる単なる作り話だと思いますけど」

「人の家を勝手にそんな風に呼びやがって」

金崎はつい感情的になり、自分の家であることを白状してしまった。１泊１００万円なら俺は今頃金持ちだと。

「え、あの家って金崎さんの家なんですか？」

「そうだ、あそこが俺の家だ。いずれ誰かと結婚するかもしれねぇし、奮発して２５００

万円で買ったんだよ」

「なんでわざわざあんなところに住んでるんですか？」

「だから何も訊くなと言っているだろ」

　金崎は若松を黙らせ、そのまま無言で家まで向かった。


　金崎たちが家に着く頃には、太陽はもう山の向こう側に沈もうとしていた。金崎は家に着いた後のことを何も考えていない。ただ、自分が過去から来ているということを自然に伝えるにはどうすればいいか、それだけを考えていた。

「着きましたけど、ここで何があったんです？」

「まぁそう急かすな。とりあえず中に入るぞ」

　金崎はその場を誤魔化し、ドアを開けて中に入る。先程は玄関で踵を返したので、廊下の奥がどれほど荒れているかまでは見ていなかった。見ることに戸惑いすら感じていた。なぜ自分はこの家を手放したのだろうか。自分がローンを払えない状態に陥っていないか。金崎は決められた自分の運命を見るのが少し怖かった。

「流石に電気はつきませんよね」

　若松は玄関を入ってすぐ右手にあったスイッチを押した。すると驚くことにパッと廊下の明かりがついた。

「電気が通ってる……。本当にここに住んでいるんですか？」

「だから言っただろう。まさか電気が通ってるとは思わなかったけどな」

「意味がわからないですよ」

金崎は土足で廊下を突き進む。板の軋《きし》む音が廊下に響く。今にも抜け落ちそうだ。金崎は廊下の突き当たりまで来ると、左に曲がり、薄暗いリビングの中へと入っていった。スイッチを押し、明かりをつける。するとそこには金崎にとっては見慣れたいつもの空間が広がっていた。リビングの中心にはお馴染みのちゃぶ台が置いてある。金崎は思わず肩を下ろし安堵《あんど》した。

「ちゃぶ台の上に何かありますよ」と若松が言った。

若松の言う通りちゃぶ台の上には何かが置いてあった。黒くて四角い本のようなもの。いや、あれは本だ。金崎はちゃぶ台に近づき、恐る恐る本を手に取る。表紙には白色の文字で「計画書」とだけ書かれている。著者名は書かれておらず裏表紙にはバーコードすら印字されていない。

「市販の書籍って感じでもなさそうですね」

若松は興味深そうに本を眺める。

「なんでこんな風に1冊だけポンと置いてあるんだ」

「金崎さん知らないんですか？」

金崎は確かにここは自分の家ではあるが、この本に関しては何も知らないと若松に伝えた。

「なんだか不自然ですよね。誰かが忘れていったって場所でもないですし、ただ手元に置いておきたくなくて捨てたかったとか？」

「呪いの書みたいなことか？」金崎は鼻で笑い、本を開こうとする。

「ちょっと待ってくださいよ。もし本当に呪いの書だとしたらどうするんですか。読むと絶対に呪われますよ？」若松は目を大きく開き、金崎の手を掴む。

「バカかお前は。そんな非科学的なものがあるかよ」金崎は本で若松の頭を叩く。

「ちょっとやめてくださいよ、呪いが移ったらどうするんですか」

「移るってどういうことだよ。まるで既に俺が呪われてるみてぇじゃねぇか」

「手に取った金崎さんは既に呪われている可能性が高いです」

若松は1歩下がり金崎と距離をとる。

「バカじゃねぇのか」と笑い、金崎は本を開いた。

第1話 一方通行サウナ

1

「ここ結構熱めなやつだな」と将太《しょうた》は得意げに言った。

確かに、と俺は惰性で返事をしたものの、普段サウナに入らないので他との違いはよくわかっていない。

俺たちは駅から徒歩５分のところにある、銭湯ゆ〜りかのサウナにいた。夕方までの大学の講義を終え、ファミレスで閉店近くまで過ごした後に、将太の提案でサウナに行くことになった。

将太は自称サウナ通らしく、色んな銭湯にもよく通っているらしいが、ここに来るのは初めてだという。将太はよく知ったかぶりをするので、ここが本当に熱めなサウナなのかどうか俺にはわからない。

温度計の針は90度を指している。

「番台で売ってた飲み物って何があったっけ？」

さっきまで目を瞑《つむ》り黙っていた将太が突然顔を上げて訊いてきた。

「牛乳とかコーヒー牛乳とかじゃない？」と俺は適当に答える。

「乳製品の気分じゃねんだよなぁ」と将太は頭を掻く。

「コーラとかそういうこと？」

「俺炭酸飲めねんだよ」

面倒くさい奴だな、と思った俺は「水でも飲めばいいよ」と将太をあしらった。

「わざわざ銭湯に来て水はねぇだろ。俺はな、水分補給じゃなくて風呂上がりの爽やかな一時を求めてるんだよ。子供の頃、近所にそこそこ大きい銭湯があってよ、そこにはフローズンっていうアイスのシャワシャワした飲み物が置いてあってな、よく風呂上がりにお母さんに買ってもらったりなんかして、あっ確かメロン味といちご味の2パターンがあって」

将太の長い話が始まった。彼は饒舌な男で、一緒に話をしていても9対1の割合で彼が多く話している。主に一方的に将太が話しているだけなので、会話とは言い難いかもしれないが、俺自身よく喋る人間ではないのでこれくらいが丁度よいし、ありがたいと思っている。

　将太は長々と語った後に「要するに今飲むべきものの正解はフローズンだな！」とニッコリと笑って言った。

「何を飲むにせよ店出てから自販機で買った方がいい気もするけど」と俺は言う。

「え、なんで？」とすかさず将太は返した。彼はもう忘れたのだろうか。俺たちが来た時の番台には人の影がなかった。たまたま席を外していたのか、休憩中だったのか知らないが、無人の受付を通り過ぎた末に俺たちはサウナに入っている。もちろん番台には現金を置いてきた。入り口には暖簾《のれん》も掲げられていたし、電気もついていたし、普通に営業中だと俺たちは判断したのだ。現にサウナ室に入ると中年くらいの小太りの男性が1人、先客として入っていたので、営業自体はしているようだった。

「番台に誰もいなかったから買うこと自体出来ないでしょって話だよ。もう忘れたの？」

「あぁ、そういうことか。でも流石にもう戻ってきてはいるだろ。それにいなかったとしても来た時みたいに金だけ置いていけばいいだろ」

　確かに、と俺は思ったが、ここに売っているものは口にしない方がいいような気がしていた。番台に人が立っていないようなセキュリティレベルのお店が出している飲食物はあまり信用しない方がいい。ちゃんとしたメーカーの商品だとしても、店の管理次第では腹を壊す代物にもなる。将太にもそう言ったが、「それは考えすぎ」と軽く一蹴されてしまった。

それから1分ほど黙って熱さに耐えていると「ここって田舎だと思う?」と、将太が突然尋ねてきた。なんで?と俺は反射的に返す。

「いや、この前ゲームで知り合った人と地元の話題になったんだけど」

将太はよくネットで見知らぬ人と通話をしながらゲームをする。

「俺は田舎に住んでるよ?って答えたんだけど、町に何があるかって話をしているうちに、そいつがお前の住んでるとこは田舎じゃないって言い始めて」

あぁそういう話か、と俺は理解した。一応自分もここが田舎な方だとは思っていたが、カフェやファミレスもあるし、最低限のチェーン店は揃っているので、人によっては田舎ではないと思うのかもしれない。

「で、そいつの住んでるところの話を聞いてると、コンビニが1軒とあとはスーパーとガソリンスタンドしかないＴＨＥ田舎って感じで、俺は完全に敗北しちまったんだけど」

それで負けなのかは知らないが、どうやら田舎マウントを取られたということらしい。

「それはそっちの方が田舎だろうね」

「まぁ確かにそいつの住んでるとこに比べたらここは田舎とは言えないかもしんねぇけどよ、ここが田舎か都会かって訊かれると、割と田舎な方だよな？」

「田舎だね」と俺は言った。間違いなく都会とは言えないだろう。

「だよな。今度そいつに言ってやって欲しいくらいだわ」

「そいつの地元は田舎じゃなくて僻地だって言えばいいよ」

「へきち、ってなんだ？」

「超ド田舎ってことだよ。住人の顔全員覚えてるくらいの」

「なるほどね。あーでも、一応俺も住んでる人の顔なら覚えてる方だと思う」

また適当なことを言っている、と俺は思った。

「田舎とはいえ結構な人数がいると思うけど」

「まあ流石に全員とまではいかねぇけど、外から来た人間かどうかならすぐにわかるね。なんというか……雰囲気で！」

本当にこいつはいい加減だなと俺は笑った。

「あっ、この前もやけに日に焼けた色黒の男がいて」と将太は何かを思い出したように言った。俺は将太の言う人物になんとなく心当たりがあった。

「俺も見たかも。その人ってスーツ着てた？」

「あぁ、確か黒いスーツだったね。なに、お前も見たことあるのか？」

やっぱりだ。確かに俺もその男には見覚えがあった。先週、駅前のカフェで時間を潰していた時に、向かいの席にその男が座っていたのだ。そこらへんにいそうな人間が座っていたのならすぐに忘れてしまうが、その見た目がやけに特徴的だったので、はっきりと覚えていた。

その男は黒いスーツを着て、日サロにでも行っているのかと思えるほど色黒な肌をしていた。そしてパンチパーマを膨張させたような短めのアフロヘアーをしていた。

こんな男、誰が見ても忘れないだろう。その見た目のインパクトの強さは、都会で見かけたとしても記憶に残りそうなものだった。

将太の見た男と俺の見た男はおそらく一致していた。それ以外では見かけたことがなかったが、どうやらその男はここ最近町をよく歩き回っているらしい。

「スーツ着てたし多分出張だろうな」と将太は言った。

「かもね。仕事でもないとこんな町通り過ぎるよ」

「なんの仕事だろう。体格も良かったし、ボクサーとか？」

「なんですぐ出てくるのがボクサーなんだよ。スーツ着てたしもっと色々あるだろ」

「でもかなり日に焼けてたしよ、スポーツマンなことは確かだと思うぞ」

「スポーツやってなくても日焼けしたがる奴はいるだろう。日サロ通いのイケイケビジネスマンとか」

「なんか性格の悪い偏見だな。でもそう言われるとしっくりくる気もする。でもこんなところになんのビジネスが転がってるんだ？」

将太は汗が滲んだ顔で不思議そうに言った。もうかなりの時間サウナに入っているはずだ。

「麻薬製造だよきっと。都会でやるとすぐバレるからこういう田舎に来てこっそりやるんだ。警察とかも買収してね」

「そんなクライムなビジネスだったらこのレベルの田舎よりさっき言ってた僻地ぐらいのとこでやった方がよくないか？」

「じゃあお前のネット友達の地元でやろう」

俺がそう言うと「それはヤバい」と将太は笑い出した。

その声が思いの外大きかったので俺は「（静かに！）」と小声で将太に注意した。先客の中年男に目をやると、男は静かに俯き、目を閉じて座ったままだ。特に気にしている様子がなかったので俺と将太は少し安心した。

「あのおっちゃんずっと入ってるけど大丈夫か？」

　将太は小声で俺に言った。いくら小声とはいってもこの狭い空間では聞こえてしまっているような気もしたが、中年男は、変わらず静かに俯いたままだ。

「多分サウナマスターなんだよ」と俺は言った。

「どの銭湯にも1人はヌシみたいなのがいるらしいしな」

　どこか他人事のような将太の口ぶりに「お前は本当にサウナ通なのか？」と言いたくもなるが、俺はあえて何も言わなかった。

　それからしばらくして「そろそろ水風呂入るわ」と将太は立ち上がった。体質なのか将太は俺よりも多くの汗をかいている。思えばかなりの時間サウナに入っている。俺は、将太が戻ってきてから水風呂に入ろうと心に決めた。

　しかし、何かおかしい。ドアの前に立った将太がなにやらモタモタしている。そしてしばらくの沈黙の後、ゆっくりとこちらを振り向き、

「ドアが開かない」と呟いた。

2

「全然開かねぇんだけど」

将太はドアのハンドルを掴んで前後に動かそうとしている。が、全くビクともしない。座ってそれを見ていた俺にはその様子がふざけたパントマイムをしているようにしか見えなかった。ただ、将太の表情があまりにも真剣だったので、俺はその場から立ち上がり、ドアの前へと向かった。

将太と代わり、同じようにドアを掴み、前後に動かす。が、ビクともしない。ふすまのように横にスライドしようとも試みたが全く動かない。ダメ元で上下に動かしてもみたが、ドアは元々開かないものかのようにビクともしなかった。将太はふざけていなかったようだ。

「開かないね」と、俺も呟いた。

「これはマジぃな」と言う将太の様子は息苦しそうだった。額から流れる汗の量がさっきよりも増えている。

ドアが壊れているのかもしれないと思った俺は辺りを見回し、緊急用のボタンがないか探した。しかし、そんな便利なものは見つからず、代わりにドアの上に貼られた注意書きのパネルを見つけた。

【一方通行サウナ　外側からしかドアは開きません】

パネルには血の通っていない無機質なフォントでそう書かれていた。

「一方通行サウナ、外側からしかドアは開きませんだって」俺は将太にもわかるように注意書きを指さして読み上げた。どういうことだろう。

「こんなの入る時に書いてあったか？」と将太は言う。「死角だから見えるはずないよ」と俺は答える。

「こんな注意書き室内に書いたって意味ないだろ」

確かにそうだ。なぜ外側からしか開かないという注意書きを室内に用意するのだろう。もしかすると見落としていただけで外側にも書いてあったのかもしれないが、今更確認のしようもない。

「流石に出られないってことはないだろうし、他にも出口があるんだよ。こんなの意味がわからないし」

俺は将太にそう言った。が、彼はそれを無視し、奥で座っている中年男の元に向かっていた。

「すみません、ドアが開かないんですけど」と将太は男に声をかける。

お客さんに訊いても仕方ないだろうと俺は思った。が、もしかすると常連なら出る方法を知っているのかもしれない。しかし、中年男はそれを無視し、座って俯いたままだ。

「あの！」と将太はイライラ気味で隣に腰を下ろし、中年男の顔を覗き込む。すると「うわっ」と声を上げ、将太は情けなく床に転んでしまった。

「どうした」と俺は急いで駆け寄り、将太同様に男の顔を覗き込む。その顔は白目を剥いた状態で口が半開きの、意識不明の状態だった。俺の休に瞬時に悪寒が走る。てっきりサウナマスターだと思っていた男は、我々同様にこのサウナから出られず、ただ意識を失っているだけだったのだ。

「なんだよ、サウナマスターじゃねぇのかよ」と将太は狼狽《ろうばい》する。

仮にそうだったとしても、出られないとなっては人間である限り誰でもダウンしてしまうだろう。

「これってもしかして結構ヤバいやつ？」と将太はこのまずい状況を飲み込んだ様子だ。

「相当ヤバいだろうね。最悪このサウナマスターみたいになる」

　こんな不安を煽るようなこと言うべきではなかったと、将太の表情を見て俺はすぐに後悔した。将太の額からはさっきよりも多く汗が湧き出ている。その汗は将太の体を伝って静かに流れ落ち、床に小さな水たまりを作っている。俺の体からも同様に大量の汗が流れている。心なしかサウナの温度が上昇しているような気もするが、温度計の針を見ると、さっきと変わらず90度のメモリを指している。

「ちょっとどけ」と、将太はドアから少し離れて距離をとった。そして、そこから短い距離ながらも助走をつけ、思い切りドアへと全身を打ちつけた。

　しかし、将太の体は無情にも弾かれ、床に転がってしまう。ドアは依然として開く気配がない。将太はその場から起き上がると、痛そうに肩をさすり、険しい表情をした。

「いやマジで開かねぇわ」

「多分物理的には開かないだろうね」

「お前なんでそんな冷静なんだよ」

「冷静ではないよ。だいぶ焦ってる。汗もすごいし」

　少しの沈黙の後、「今はそういうのいいから」と冷たく将太は言った。

　俺はそこで初めて自分が駄洒落を言っていたことに気づいたが、面倒なので訂正はしなかった。

「でもなんでわざわざこんなサウナ造ったんだろう」

「知らねーよ。どうせこういうのが面白いと思ってる大学生ノリのつまんねー奴が考えたんだろ。なんだよ一方通行って」

　銭湯のサウナを大学生ノリで改造出来るとは思えなかったが、イライラしている将太を見るとそれを言う気にはなれなかった。

「とにかく次の客が来るまで待つしかなさそうだね」

「でもこの銭湯だいぶ過疎ってるだろ」

「それは確かにそうかも。なら従業員が来るのを待つしか」

「従業員がいるのかすら微妙だぞ。お前忘れたのか？　もしかしたらここって本当は営業してなかったんじゃねぇの」

　それは大いにあり得ると俺は思った。俺と将太は半ば強引に入浴しているようなものなので、そもそも営業しているかどうかの確証すら取れていない。実は休業日で従業員がいない可能性なんていうのも十分にある。しかし電気もついていたし、暖簾も掲げられていた。サウナも動いているし、営業中だと思われる要素が多すぎる。なんだか妙な銭湯だ。

「とりあえずあまり動き回るとすぐにバテるから、なるべくジッとしていよう」

　俺はそう言うと、さっきまで自分が座っていた場所に腰を下ろした。が、将太は俺の声が聞こえていないのか、その場に立ったままでいる。

「俺すでに結構キツイから割とヤバい」

語彙《ごい》の少なさから将太の限界具合が窺《うかが》える。彼の全身はシャワーを浴びた直後のように汗で濡れており、顔もかなり紅潮している。ドアにタックルしたこともあり体力もだいぶ削れているのだろう。

　将太はドアの方を向き、小窓に顔を近づけ、「おーい！　誰かー！」と扉を叩き始めた。暑苦しい空間に暑苦しい男が追加され、地獄に近い環境が完成されつつある。

「いや多分、誰もいないって」俺がそう言っても将太は聞く耳を持たない。このままでは将太が倒れてしまうのも時間の問題だ。こういう時にこそ冷静にならなければいけない。あらゆる物語で主人公が言われてきたであろう言葉も、今の興奮状態の将太には1ミリも響かなさそうではある。

「おーい！　おーい！」と将太は必死にドアを叩き続ける。しかしこの高温のサウナ空間では体力的にそれを長時間続けるのも難しい。

　将太の声は次第に弱まっていき、ついにはその場に倒れ込んでしまった。

「ちょっとちょっと」と俺は将太の元に駆け寄った。意識はまだあるが、将太の全身は汗で水槽から出た魚のようにビチョビチョだった。

「俺らはサウナに食われちまったんだよ」と将太は呟いた。

「何言ってんだ、しっかりしろ」と俺は将太の両脇に腕を差し込み、一番温度が低そうな部屋の奥の方まで彼の体を引き摺《ず》った。途中汗で腕がずり抜けそうになったが、グッと手に力を込め、なんとか将太を奥へと運び終えた。友人とはいえ、汗まみれの男に直接触れるのは気持ちが悪かった。

　俺もサウナが得意な方じゃないので既に限界を迎えつつある。それにもかかわらず将太の体を引き摺ったことにより、さらに体力を消耗してしまった。全身から一生分の汗が流れているような気がする。新しい客が来る様子も従業員が助けに来る様子も全くない。俺は中年男の隣に座り、ひたすらにジッと誰かが来るのを待った。

　隣の中年男もこうして誰かが来るのをずっと待っていたのだろうか。男の肌は既に乾燥し切った様子だった。隣に死体があるのも気持ち悪いので、男が死んでいないことを祈るしかなかった。

　一方通行サウナ。これはなんのために造られたのだろう。俺は気を失わないように絶え間なく頭を働かせた。店主の悪ふざけだろうか、何かしらの社会実験だろうか、それとも単なるドアの故障によるものだろうか。俺は注意書きがされたパネルを見つめた。実は誰かが企画した脱出ゲームのようなもので、どこかにヒントが隠されているのかもしれない。

「一方通行サウナ、外側からしかドアは開きません。外側…ドア…開きません」俺はひたすらにパネルを見つめ何度も文字を読み返した。しかし色々と考えを巡らせても、書いてある以上の情報が見つからない。次第に俺はこのサウナが謎もヒントもなく、ただ純粋に外側からしか開かないというだけのシンプルなもののような気がしてきた。イノシシだったり、巨大ウナギを捕まえるトラップのように、外からは簡単に入れるが、中からは絶対に出られないように出来ているのだ。しかし一体なんのために。

「俺らはサウナに食われちまったんだよ」という将太の言葉が繰り返し頭の中で再生される。そうだ俺たちはサウナの胃袋にいるんだ。このままジワジワと熱さに消化されて、どろどろに溶けていくんだ。頭がボーッとし始め思考も徐々に回らなくなってくる。

意識が朦朧とする中、サウナのドアが動くのが見えた。やっと誰かが入ってきたのだろうか。どうせ誰も来ないと諦めていただけに、それは奇跡のように思えた。ドアを開けて入ってきたのは、アフロヘアーの日に焼けた男だった。忘れるはずもないカフェで見かけたあの男だ。外からの人間がどうしてこの地元民すら来ないような影の薄い銭湯に辿り着いたのだろう。

アフロ男はサウナのマナーを知らないのか遠慮なしにドアを全開にした。おかげで夏の坂道を自転車で下った時のような、爽やかで涼しい風が全身に感じられた。

男はドアが外側からしか開かないことに気づいているのだろうか。頼むから気づいていて欲しい。ここは一方通行だぞ。絶対にドアを閉じてはいけない。俺は大声でそう教えてやりたかったが、もはやそんな体力はなく、視界が陽炎のようにゆらゆらと揺れている。

男は中に入ろうと1歩足を踏み出した。全ての動きがゆっくりに見える。ドアが閉まる前に、俺は最後の力を振り絞り、ドアの上にある注意書きを指さした。頼むから振り返って気づいてくれ。ここは一方通行サウナだ、お前も食われるぞ。目が霞んで注意書きの文字すらもう見えない。男が俺の合図に気づいているかどうかもわからない。ただ男のシルエットが近づいてくるのだけはわかる。意識が徐々に遠のいていく。これ以上、犠牲者を増やしてはいけない。

頼む、気づいて……く……れ……。

「なんだ、ただの小説じゃねぇか」と金崎はガッカリした様子で言った。

「小説でしたね」と若松も拍子抜けした様子だった。

「なにちゃっかりお前も読んでるんだよ」と金崎は若松の肩を小突く。

「この中に出てくる銭湯ってこの町にあるのと同じ名前だよな？」

「やっぱりそうですよね。多分これノンフィクション小説ですよ」

「ノンフィクション小説？」と、ついオウム返しをする金崎。

「実際にこんな事件がこの前この町で起こっていたんです」

「一方通行のサウナが？」と金崎は半笑いでまだ信じていない様子だ。

「はい、実際には一方通行ではなかったんですけど、謎の多い事件で」

　若松の言う通りこの小説の事件は実際にこの町で起きていた。ただ少し事実とは異なる部分がある。

「この大学生２人も実在してるのか？」

「えぇ大学生２人も中年男性も実在してますし、ちゃんと生きてますよ」

小説の内容とは違い、現実では思いの外、平和な結末を迎えているようだった。

「どうしてサウナの扉は開かなかったんだ？」

「それが謎なんです。３人はこの小説の通り一方通行サウナというパネルがあって出られなかったと言ってはいましたけど、実際の現場にはそんなものはなく、扉も開閉可能だったんですよ」

「なんとも不自然な事件だな」と金崎は眉をひそめる。

「はい、それにその日の銭湯は定休日で本来なら店には誰もいないはずなんですよ。なのに誰かが勝手に暖簾を掲げてお湯まで張っていたというから不気味なんです」

「その誰かっていうのはまだ見つかってないのか？」

「はい、監視カメラもない古い銭湯なので。念のため、店主や従業員を取調べもしましたが、全員アリバイもあったので、結局どこの誰が勝手に店を開いたのかは謎のままなんです」

金崎はこの町でこのような不自然な事件が起きていたことに困惑していた。金崎が現役の時代では、事故はあれど、謎多き事件などは全く起こっていなかったからだ。金崎は刺激的な事件があるこの時代が少し羨ましく思えた。

「やっぱりこの小説の通りのことが実際に起きていたんじゃないか？」

「冗談やめてくださいよ。事実とは少し違う箇所もあるので、あくまで面白半分で書かれているものだと思いますよ。事件の記事を見た著者が勝手に真相を推測して物語を作ったみたいな」

金崎はこの小説に書かれていることが本当のことのような気がしてならなかった。というよりそう信じたい節があった。しかし、もしそうなれば一方通行サウナという現実的ではないものがこの世に存在してしまうことになる。ただ、金崎自身過去から来た非現実的な存在であることも確かなので、現実的ではないからと一蹴するわけにもいかなかった。

「まだ続きがあるので読んでみましょう」

若松は不安げな表情をする金崎をよそに、目を輝かせながら本のページをめくった。

第2話 冤罪ファミレス

1

日曜昼間のファミレス。ほぼ満席に近い店内で、俺は贅沢にも窓際のボックス席をお1人様で占有していた。左を向けばすぐ目の前に国道が見える。店中央にはドリンクバーが設置されており、そこからもかなり近い距離なので最高の座席と言える。

俺は運ばれてきた水を一気に飲み干し、めくる度にペリペリとラミネートされたページが剥がれるメニュー表を眺めた。

この店は少し年季の入った内装をしているが、値段の割に料理の質が高く、ドリンクバーのラインナップも豊かなのでかなりの頻度で利用させてもらっている。季節ごとに限定のメニューを出し、常連客を飽きさせない工夫をしているのもポイントが高い。驚くのはこれがチェーン店ではないということだ。ここまでの企業努力をこんな田舎町でしている経営者のサービス精神はなかなかのものだろう。

料理を乗せたカートが、俺の真横を通り過ぎた。通路を挟んだ斜め右前に座るカップルに料理が運ばれる。

「ワイルドハンバーグステーキのデミグラスソースに、セットのライスと、たっぷりいくらの和風スパゲティです」

カップルは目の前に出された料理を見て、「おいしそー」と無邪気に盛り上がっている様子だ。

浅い。浅すぎる。俺は頭を抱えるしかなかった。わざわざこのファミレスに来ておいてワイルドハンバーグステーキだなんて、初心者感丸出しで聞いているこっちが恥ずかしくなる。そんなありふれたメニューならチェーン店で食べればいいだろ。それにデミグラスソースって、ふざけているのか？　ここで食べるハンバーグはオニオンソースが至高だと、メニュー表に描かれたミノタウロスくんがわざわざ教えてくれているだろう。

それに、よりによってたっぷりいくらの和風スパゲティを頼むなんて正気とは思えない。あんなちょこっとだけ乗ったいくらのどこがたっぷりなんだ。メニュー表の写真を見て何も疑問を抱かなかったのか。どういう心理でスパゲティを頼んだのか、是非目の前に来て教えて欲しいものだ。

　これだから素人は困る。目先の食べたいものに踊らされ、本当に良いものを吟味せずに注文してしまう。所詮ファミレスと、舐めてかかり、自分たちが店に試されていることなんて気づきもしないのだろう。しかし違うのだ。ウェイトレスが水を運び、目の前にメニューを置いた時点で試験は始まっている。さぁこの豊富なメニューから正解を見つけ出せるかなと、嘲笑うように客を放置する。俺たちは真剣にメニューに向き合い、材料、カロリー、コスパを考えながら答えを導き出さなければいけない。これがファミレスの難しさであり、楽しさでもあるのだ。

　それなのに、何も考えずにすぐ注文ボタンを押す客がいる。開いた口が塞がらない。さっきのカップルだってまさにそうだ。ほぼ脊髄反射で注文ボタンを押していた。ここは早押しクイズの会場じゃないんだよ。運び終わったウェイトレスの顔を見てみろ。どのウェイトレスも皆同じように笑っているじゃないか。そんなことにも気づかずに美味しそうに飯を頬張るとは、とことんハッピーな脳みそが詰まった奴らだ。

　このファミレスにおける正解というやつを直々に教えてやろう。俺はかるたを弾くようにテーブル端にある注文ボタンを素早く叩いた。ピンポーンと店内にチャイムが響く。レジ付近の天井からぶら下がった電子パネルに、赤い文字で俺の座席番号が表示される。

お昼のピーク真っ只中の店内は慌ただしく、ウェイトレスはすぐにはやってこない。俺は腕を組み、しばらく待つ。が、一向にウェイトレスはやってくる気配がない。電子パネルの番号もスッと消える。仕方なくもう1度ボタンを押す。再び鳴り響く呼び出し音。しかし、ウェイトレスはやってこない。よっぽど忙しいのだろう。まあ仕方がない。こういうこともあるだろう。

俺は辺りを見回す。店の入り口付近に会計を終えたばかりの家族が見える。俺はレジの方を向き、たった今フリーになった店員に手を挙げて合図する。しかし、店員はこちらには全くと言っていいほど目もくれず、颯爽《さっそう》と厨房の奥へと消えてしまった。俺はゆっくり手を下げ、まるで最初から挙げるつもりなどなかったかのように頭を掻くふりをした。先程のカップルの男がこちらを見て笑ったような気がする。錯覚かもしれないが、今この店内で笑顔の人は皆、俺を見て笑っているような気がする。俺は既に空っぽのグラスを持ち、窓から見える国道を眺めながら水を飲むふりをした。すると、ウェイトレスが急いだ様子で俺の座席にやってきた。

「大変お待たせいたしました、ご注文の方お願いします」

突然のことに驚き、俺は慌ててメニューのページをめくる。

「あ、えっと、15種類野菜のビバ！カーニバルミックスグラタン１つ」

「グラタンがお１つ」

「それにパラダイスドリンクバーセットをつけてもらって」

「ドリンクバーがお１つ」

「あと、食後にヴァンパイアチョコレートパフェ１つ」

「チョコレートパフェがお１つ。以上でよろしいでしょうか」

「あ、はい、お願いします」

時間は掛かったが注文は完了した。抜かりのない完璧な注文。心なしかウェイトレスが圧倒されているように見えた。

俺は席を立ち、ドリンクバーへと向かった。先客の少年が全種類のドリンクを混ぜようとしているのか、各ボタンを少しだけ押し、少量ずつカップに注いでいる。俺も子供の頃によくやったなと思って見ていたが、その少年は、コーラやカルピス、メロンソーダのみならず、ウーロン茶やアイスコーヒーまでも注ぎ、真のミックスジュースを作ろうとしていた。流石に歪《いびつ》な味になることは想像出来るはずだが、おそらく少年の目的は飲むことではなく混ぜることにあるのだろう。俺は少年が注ぎ終わるのを黙って待つことにした。

ふとコーヒーマシンの方を見てみると、メガネを掛けた老人が、機械の前でオドオドしている。マシンの使い方がわからないのか、何を注ごうか迷っているのか。老人は恐る恐るカフェラテのボタンに指を伸ばす。すると、甲高い音を上げたマシンから蒸気が吹き出し、カップにミルクが注がれ始めた。老人はカップを覗き込む体勢でいたため、蒸気をもろに顔で浴び、モンスターに襲われたかのようにその場で仰け反った。白い蒸気はすぐに消え、曇ったメガネを掛けた老人の顔が浮かび上がった。俺はなんだか見てはいけないものを見たような気がしたので、視線を元のドリンクバーへと戻した。そこにはもう少年の姿はなかった。

　俺はドリンクバーでコーラを注ぎ、席に戻るとそれを豪快に一気飲みした。なんだかいつもより味が薄いような気がする。

2

　窓から見える国道を眺めながら、俺はグラタンが来るのを待った。

真後ろのボックス席にはおばさん3人グループが座っており、やや大きめな話し声が聞こえてくる。

「さゆりさんのとこ旦那さん亡くなったらしいよ」

「え！　どうしたの？」

「心臓の病気で前からずっと入院してたみたい」

「それは、残念ね。お子さんはもう自立してるんだっけ？」

「上の子はもう社会人で、下の子はまだ大学生だったはず。でももう2人とも1人暮らししてたはずだから、今はさゆりさんとワンちゃん2匹で暮らしてるそうよ」

「それも寂しいねぇ。本当に気をつけなきゃ。ヨシエちゃんは最近健康診断行った？」

「もう何年も行ってないかも。やっぱり毎年行った方がいいのかな」

「絶対行った方がいいよ。私はほら、1回血圧が酷かったから、毎日家で血圧は測ってるけど」

「それじゃ血圧しかわからないじゃない。やっぱりみんな健康診断受けた方がいいって」

　歳を重ねると健康の話ばかりすると聞いたことがあるが、この会話からして間違ってはいないらしい。

「でも近くの病院はあまり信頼出来ないんだよね」

「わかる。あそこもう、コンクリートが割れかかってるじゃない」

「そうじゃなくて、知らないの？　藤田さんのとこの旦那さんがあそこで手術して亡くなったらしいよ」

「藤田さんってどの藤田さん？」

「ほら、あの工務店の」

「あの大っきい犬散歩させてる？」

「そう、その藤田さん」

「あたしその人知らないかも」

「え、本当に？　見たことないの？　買い物カートみたいな大きさの犬散歩させてる人いるじゃない？」

「私ちょっとお手洗い行ってくるね」

１人がそう言うと席を立ち、トイレへと向かった。

残った２人がしばらく犬の大きさの話をしていると、彼女は席に戻り、「プランＢで行きましょう」と真面目なトーンで２人に告げた。

プランＢ？　突然出てきた場違いなワードに俺は思わず耳を傾けた。

「あら、あったのね？」と１人が言う。

「トイレにはなかったけど、共用の手洗い場のところには付いてた」と、トイレから帰ってきたおばさんが言った。

「そうね、プランＢのエステンドが一番無難そうね。ミユキちゃんはどう思う？」

「私はパンデュラムがいいと思うけど任せるよ」

ミユキさんはハスキーボイスで答える。

「それもありだけど、今回はポルチーニだからエステンドで行きましょう」

一体なんの話をしているのだろう。なぜこうも急に話の雰囲気が切り替わったのだ。さっきまで健康と犬の話をしていたではないか。盗み聞きはよくないと思いつつも、俺の意識は背後のおばさんたちの方に集中していた。

「じゃあヨシエちゃんがパフェを食べ終わったらジップをコンクレットするわ」

「隊長のもまだ少し残ってるわよ」

「あら私ったらトビケットね」

俺と背中合わせで座っているおばさんは隊長と呼ばれているようだった。今時の仲良しグループでも聞かなさそうなあだ名だ。

それにしても妙というかなんだか不自然だった。先程までありふれた会話をしていた3人が、急にスイッチが切り替わったかのような話をするからだ。違うお客さんと入れ替わったのかと錯覚してしまうが、声の質からして同一人物であることは確かだ。

「じゃあ、隊長、あたしも時間あるし追加で頼んじゃおうかしら」

「好きなだけ頼みなさい。お会計が大きい方が達成感もすごいんだから」と隊長は言う。

「私ももっと注文したかったけど、このパフェですらもうしんどいわ」

ヨシエさんは既に満腹のようだった。

「別に食べ切らなくても注文するだけでいいよ」

「そんなの勿体ないじゃない」

ミユキさんは不満そうに言う。

「いい？　こういう時は逆に食べ残した方がいいの。テーブルに料理が残っている方が、まだ食べてるんだなって店員も気を抜くでしょ？　自分が店員だったらって考えて行動するのが大事なの」

「なるほどぉ」「流石隊長ねぇ」と2人は感心した様子で言った。

3

この人たちはなんの話をしているのだろう。大食い対決でもしているのだろうか。それにしては店員が気を抜くだの、なんだのと、普通の会話にしては引っかかるところが多い。

3人の見た目が気になった俺は、コップを持って席を立ち、店の中心に設置されたドリンクバーへと向かった。丁度いいことにスーツを着た男性が1人、何を飲もうかとモタついていたので、俺はそれが終わるのを待ちつつ、おばさんたちの座席の方に視線を向けた。

3人組のおばさんはどこにでもいそうな普通の風貌をしていた。

俺と背中合わせに座っていたのは、おそらく隊長だろう。ボブヘアーで黒いブラウスを着ている。その向かいには2人。窓側にはミントグリーンの服を着たやや小太りのおばさん。通路側にはボーダー柄の服を着た、痩せ型のおばさん。ボーダーのおばさんは幸せそうな顔でパフェを食べている。おそらくあれがヨシエさんで、窓側のおばさんがミユキさんなのだろう。

3人はどう見ても普通のおばさんだった。ファミレスに行けば1組はいる長話をしているおばさんグループといった感じだ。もっと変な風貌の人たちかと思ったが、見た感じそんな雰囲気もしない。これまで気にしたことはなかったが、自分が知らないだけで、案外どの人たちも傍で聞いたら変な会話をしているのかもしれない。

色々と考えていると背後から「あの」と声がした。振り返るとドリンクバーでモタついていた男がこちらを向いて立っていた。

「このドリンクバー壊れてますよ」

男は俺に向かって言った。手には透明な液体が入ったコップを持っている。

「コーラを押してこれですよ。これじゃスプライトですよね」

「そうなんですね……」と俺は小さな声で答える。

「……どうしましょう？」と男は静かにこちらを見ている。俺にそんなことを訊かれても困る。

男は何も言えずにいる俺をジッと見続けている。答えのわからないこの状況に耐え切れなかった俺は「店員さんを呼びましょう」と、逃げるように店員の元へ行き、ドリンクバーがおかしいことを伝え、席に戻った。俺は席に戻る際、おばさんたちの様子が見えるように先程とは反対側のソファに座った。

しばらくチラチラ様子を窺っていると、おばさんたちの座席に追加の料理が運ばれてきた。俺が店員ならよく食う客だなと思うことだろう。

料理を見た隊長が「うん、いい感じね！　そろそろやりましょう」と2人に向かって声をかけた。

すると、ヨシエさんが「そうだ！　記念すべき1軒目だし、せっかくだから写真撮りましょ！」とスマホを取り出し、インカメラで撮影を始めた。3人は画角に収まるように互いの体を近づけシャッターを切る。

ヨシエさんは嬉しそうにスマホを眺めると「食い逃げ旅のグループに貼っておくね」と指を動かした。すると「こら！」「シッ！」と他の2人が一斉にヨシエさんに向かって焦りと怒りを含んだ声で迫った。「やだ私」とヨシエさんは手で口を押さえる。賑やかなランチタイムの店内で、その座席にだけただならぬ緊張が走っていた。

少しの間の後、3人は一斉に笑い出した。

「ヨシエちゃんったら本当に面白いんだから」と隊長は笑う。「本当にねぇ」とミユキさんも笑いながら周囲の客を警戒している。

俺はうっかり目が合ってしまわないようにスマホを眺めるふりをした。

薄々変だなとは思っていたが、おそらくそうだ。これまでの会話から推測するに、このおばさんたちは食い逃げをしようとしている。そしてこの店内で俺だけがその事実に気がついている。

「ちょっとお手洗いに行ってくるわね」とヨシエさんは再び立ち上がり、店の奥にあるトイレへと入っていった。

続けてミユキさんが「ちょっと一服してくる」とタバコとライターを持って堂々店の入り口から出て行った。店員は全く気にしている様子がない。

もしかしてこのまま逃げてしまうのではないかと思ったが、隊長は席に座ったままだ。ただしばらくして異変に気づく。いくら経ってもヨシエさんがトイレから帰ってこないのだ。

そこで俺はヨシエさんが、共用の手洗い場について何か言っていたことを思い出す。まさかな、とは思いつつもどうしても確認せねばならない気がしたので、俺は席を立ち、店の奥にあるトイレへと向かった。

「お手洗い」という札の貼られた木製のドアを開けると、すぐ目の前に男子トイレのドアが現れた。その右隣には女子トイレのドアがある。どちらのドアノブを見ても青い空室の表示がされており、中に誰かが入っている様子はない。念のため女子トイレをノックしてみたが返事はない。恐る恐るドアを開く。しかし中には誰もいない。すると何やら右側からスースーと風が入ってきていることに気づいた。その方向を向くと、共用の手洗い場が見える。手洗い場の左の壁には、大人でも通り抜けられそうな大きな窓が設置されている。それは大胆にも大きく開きっぱなしにされていた。どうやら風はそこから通ってきていたようだ。それを見て俺は確信した。ヨシエさんはもうここから逃げ出していると。

俺はすぐにトイレを出ておばさんたちの座席を見た。が、もうそこには誰も座っていない。俺の席には既にグラタンが置かれている。入り口に目を向けると、急いだ様子で小走りの隊長が、スマホを耳に当て、店を出ようとしている。突然掛かってきた電話を装って店を出るつもりだ。

まずい！と思った俺は入り口に向かって走り、隊長の腕を掴んだ。

「わ！」と隊長は驚いてこちらを見る。

すると、「食い逃げだ！」と1人の客が立ち上がりこちらを指さして声を上げた。近くに座っていたカップルの男だ。お前も気づいていたのかと俺は安堵する。しかしそれは間違いだった。他の客も店員も、おばさんではなく明らかに俺に対して疑いの目を向けている。店内はザワつき、店員たちも困惑している。まずい、もしかして俺が食い逃げ犯だと疑われている。

隊長は立ち止まり、周囲の様子を察知すると、俺にニッコリとした顔を向け、腕を振り払って店を飛び出した。まずい。このままでは俺が食い逃げ犯にされてしまう。そんなわけにはいかないと俺は隊長に続いて店を飛び出した。傍から見たらこの様子はどう見ても俺が食い逃げ犯だろう。

店を出ると、駐車場にはジープが1台エンジンを鳴らし、いつでも出られますよといった感じで待機していた。運転席にはミユキさんがウインナーサイズの葉巻を咥《くわ》えサングラスを掛けている。助手席にはヨシエさんがうずうずとした様子で座っている。

「乗って！」とヨシエさんは窓から顔を出して隊長に合図した。俺は全力で追いかけたが、年齢を全く感じさせない足の速さの隊長は、すぐに後部座席に乗り込み、慣れた様子でバタンとドアを閉め、ロックをかけた。息を切らしながらも追いついた俺は、絶対に逃すまいと運転席の窓を叩く。ミユキさんは窓越しに「邪魔だよ！」と葉巻を窓に押し付け、車を急発進させた。危なく轢《ひ》かれそうになった俺は反射で1歩後ろに下がり、ギリギリのところで回避する。国道に出て走り去るジープを俺は全力で追いかけようとしたが、無論追いつけるはずもなく、すぐにその場に立ち尽くしてしまった。加速するジープの背中が徐々に小さくなる。

　せっかく計画に気づいたのに何も出来ずに逃がしてしまった。どうしてこんな田舎のファミレスで計画的に食い逃げなんかするんだ。体内をあらゆる感情が渦巻き、呆然と立ち尽くしていると、突然背後から強い衝撃を受けた。ぶつかってきた何かにそのまま押し倒され、俺は腕を後ろに回され、その場で強く押さえつけられた。ファミレスの従業員たちが集まってくる。

　そうか、周囲からするとどう見ても俺が食い逃げ犯だ。この場でいくら弁明しても無罪を証明することは難しいだろう。とりあえず今はおとなしくして、後から監視カメラの映像を確認してくれればいい。

「こいつずっと狙ってたんだよ」

「確かによく来てたもんね」

従業員たちの俺を怪しむ会話が聞こえてくる。

「はい、今捕まえています。食い逃げです」と通報する声もする。このまま俺は警察に突き出されてしまうのだろうか。しかし、俺は無罪だ。今ここでは犯人扱いでも、いずれは証明されるはず。

ただ、どうだろう。あのおばさんたちの食い逃げ計画が完璧なものだとしたら、監視カメラの位置を計算した上で犯行に及んでいる可能性がある。そもそもこのチェーン店ですらないファミレスに監視カメラが付いていない可能性だって。自分の体から一気に血の気が引いてくるのがわかる。

それにしてもなぜこうなってしまったのだろう。俺は悪いことをしようとしたわけではない。ただファミレスでランチを食べたかっただけなのに。こうなるなら最初から会話など盗み聞きしなければよかった。そうすれば今も地面に押さえつけられることなく優雅にドリンクバーを楽しんでいたことだろう。

こんなの現実に起こっていいはずがない。せめて誰か1人でもあのおばさんたちの様子を見ていてくれたら。そして俺の無実を証明してくれたら。

遠くからサイレンの音が近づいてくる。これから食い逃げ犯を乗せる予定の。

「これも実際にこの町で起きた事件を元にしていますね」と若松は言った。

「なんだ食い逃げ事件も起きてるのか？」

金崎は思いの外治安が悪くなっている現代の町に胸が熱くなっていた。

「安心してください。この主人公の男性はきちんと無実が証明されていますよ。幸い１人だけ目撃者がいたので」

「それを聞いて安心したよ。これじゃあ、あまりにも可哀想だからな。でもこのおばさん３人組は取り逃してしまったんだよな？」

「まぁ」と若松は頭を掻く。

「まさかここまで計画的に食い逃げをする奴らがいるなんて思わんよな。銀行強盗じゃあるまいし」

「こんなこと娯楽でやってるとしか思えないですよ。刺激欲しさに万引きをする人間と似たようなものです」　若松は呆れ気味に言った。

　金崎は手に持つ本のページをビラビラとめくる。

「こんな話がこれからも続くって感じか」

「見た感じこの町を舞台にしたノンフィクションの短編集っぽいですけど」

「自分が住んでる場所が舞台ってだけで不思議と興味がそそられるもんだな」

　金崎は早く続きが読みたそうにうずうずしている。

「この厚さからしてまだまだ続きそうですよ」

「面白そうだし続きも読んでみようじゃねぇか」

　誰が何のために書いたものかはわからないが、２人はすっかり本に夢中だった。

第3話　爆笑ステージ

1

「文化祭のステージ発表を希望する生徒は、9月10日までに文化祭実行委員会に企画書を提出してください」

帰りの会で配られたプリントに書かれたそれは、俺にとっては希望の一文に思えた。しかし「これはやるしかないだろ！」と威勢のいい声が聞こえてきて心臓がキュッとなる。

中学に入学してから5ヶ月が経ったクラスでの俺の立ち位置は、特に印象のない「地味な奴」だった。朝学校に行き、授業が終わればすぐに下校する平凡な帰宅部。友達と言えるほど仲の良い奴もおらず、唯一話すのはサッカー部のくせに3軍のオーラを放つ小野《おの》くんぐらいだった。高望みしなければ不自由のない学校生活だったが、俺からしたらそれはもう灰色の日々で最悪に思えて仕方がなかった。それは小学生の頃とのギャップが大きかったからだ。

小学生の頃の俺は今とは大きく違った。友達も多かったし、学級委員もやっていた。授業中によく手を挙げるし、教室の前でギャグなんかもした。誰が見てもクラスの中心人物で、通知表にも「明るいムードメーカーです」と書かれていたくらいだ。でも今の俺にはそんな面影はなく、ただの日陰者として学校に生息していた。

それも中学に入り、青木《あおき》という男が現れたからだ。青木のスペックはとにかく高かった。野球部で友達も多く、休み時間に教室の前に立ち、旬な芸人のネタを披露して笑いを取るクラスの人気者。勉強もそこそこ出来て、先生たちとも仲が良く、丸坊主のくせに女子からも好かれ、俺には青木に勝てる要素が何一つなかった。間違いなく青木はこのクラスの中心人物であり、俺の上位互換でもあった。

青木は入学してから1週間も経たずにそのポジションを確立していた。俺も自分の地位が脅かされるのでは？と警戒はしていたが、その能力差を前に全くと言っていいほど太刀打ち出来るはずもなかった。このままではまずいと思った俺は、どうにか青木の粗を探そうと、スマホ片手に土日の青木を尾行することにした。この世界にこんな完璧な奴がいるはずはない。どこかでポイ捨てをしていたり、タバコを吸っていたり、万引きをしているはずだ。その決定的瞬間を撮影し、先生方に密告してやろうと。

俺は校門から少し離れた位置で昼練終わりの青木を待ち構えた。青木はユニフォーム姿で他の野球部員２人と校門から出てきた。俺は気づかれないようにその３人の後を尾行した。

３人組の野球部員は閑静な住宅街の交差点で解散し、３手に分かれた。ここで不測の事態が起きた。後ろから見た野球部員というのは皆丸坊主で見分けがつかず、誰が青木なのかがわからないのだ。校門から出てきた時に身長の違いや、持っているバッグの色を覚えておけばよかったが、今更もう遅い。

仕方なく俺はダメ元で右に曲がった奴の後を追うことにした。確率は３分の１なので希望はある。右坊主は交差点を曲がるとすぐに２階建ての一軒家の中に入っていった。築５年も経っていなさそうな、綺麗で立派な家だ。表札には無情にも明朝体で佐藤《さとう》と書かれていた。間違えたか。しかし、まだこの距離なら他の坊主の後を追うことも出来る。俺が気持ちを切り替え、その場を振り返ると、目の前にはユニフォーム姿の青木が立っていた。

「あれ、松下《まつした》じゃん」

そう言う青木に俺は動揺した。突然目の前に人が現れたというのもあるが、青木が俺の名前を覚えていたというのが大きい。

「おう、青木じゃん。え、あれ、ここで何してんの？」

俺は仲の良い同級生を演じようと馴れ馴れしい口調で言った。

「いや、昼練帰りに佐藤からマンガ借りる約束してたけどすっかり忘れてて取りに来た感じ。お前はこんなところで何してんの？」

「いや、ちょっと、探検を」

探検？と青木が訊き返した直後、玄関から佐藤くんが出てきた。

「あれ、お前ら何してんの？」

「いやー、マンガ借りるの忘れてたと思って」

「あぁ！　そうだった！　てかそいつは？」

「あ、こいつは同じクラスの松下」

「どうも」と俺は控えめに佐藤くんに会釈する。

「おぉよろしく！　せっかくだしうちでウイイレでもやってく？」

「いいね！　松下もせっかくだしやろうぜ」

まさかの誘いに俺は戸惑った。え、いいのか？

「いや、佐藤くんに迷惑だしいいよ」

「俺なら全然いいよ！」

佐藤くんはそう言うと、俺と青木を部屋の中へと招き入れた。

佐藤くんは初対面の俺を部屋に入れてくれるだけでなく、「おばちゃんがよく買ってくるんだよ」と冷えた缶サイダーも用意してくれた。

その後青木と佐藤くんはコントローラーを握り、ウイイレで遊び始めた。俺も「やろうよ」と2人に誘われたが、「やったことないからいいよ」と後ろで黙ってテレビ画面を眺めていた。野球部なのになんでウイイレで盛り上がるんだよとも思ったが、青木も佐藤くんも良い人すぎて、粗探しのためにわざわざ休日を使って週刊誌の記者のようなことをしていた自分が、恥ずかしくて仕方がなかった。

人をこき下ろすのではなく、本来のポテンシャルをもってムードメーカーの座に戻ろう。俺は帰ってからそう決心した。この文化祭におけるステージ発表がその場に最も相応しい気がした。

もしステージでお笑いをやり、そこで大爆笑を取ることが出来れば、それからの学校生活はきっと華やかなものになるだろう。文化祭でボルテージの上がった客席から爆弾のような歓声が聞こえてくる。「お前すげぇ面白い奴だったんだな！」「来年もなんかやってくれよ！」ステージ後の同級生の反応が頭を駆け巡りニヤケ顔が止まらない。

「これはやるしかないだろ！」とステージ募集のプリントを配られた時に青木は言った。

彼が出場するのは必然ではあったが、いざ目の前で張り切る姿を見せられると、つい萎縮してしまう。せっかくのチャンスまでもが彼に奪われてしまうのではないかと、焦りの気持ちが湧いてくる。青木はいい奴だがここを譲るわけにはいかない。

2

まず俺は、ステージ発表に協力してくれる相方を探すことにした。と言っても自分から声をかけられるのは小野くんくらいしかいなかった。俺は昼休みにこっそりと小野くんを呼び出した。

「ねぇ、文化祭のステージ発表でお笑いをやろうと思うんだけど、興味ある？」

「え！　お笑いやるの⁉」小野くんの反応は好感触だ。

「そうそう、大爆笑を取る予定だよ」

俺は意気揚々と言う。

「すごーい！　興味あるよぉ」

思ったより前のめりで俺は安堵した。

放課後、俺と小野くんは学校から徒歩30分のところにある河川敷へと向かった。ここなら誰かに練習を見られる心配はない。

「お笑いって言ってもどんなネタやるの？」

「やっぱり2人だし漫才がいいと思うな」

そう言う俺に対して小野くんは意外な返事をした。

「漫才かー、相方は誰にするの？」

あれ？と俺は一瞬混乱したが、すぐに小野くんが一緒にステージをやるつもりで、ここに来たのではないと理解した。確かに小野くんは「興味がある」とは言ったが、一緒にやるとは言っていない。おそらく観客として興味があるという意味だったのだろう。

「うーんまだ決まってないんだよねぇ」と俺はわざと歯切れの悪い返事をした。

「じゃあ僕とはどう？」と言ってくれるのを期待したが、小野くんは「そうなんだ」と言うだけで、そう都合良くはいかなかった。

「てっきりもうネタを見せてくれるのかと思ってたよぉ」と小野くんは少し残念そうに言うと、「頑張ってね」とそのままサッカー部の練習に向かってしまった。俺は小野くんのことを勝手に自分と同ランクの人間だと思っていたが、部活に向かう彼の背中を見ていると、なんだかとてつもなく遠い存在のような気がしてしまった。

俺はしばらく川を見つめながらこれからどうしようか考えた。別の相方を探すべきか、このまま1人でステージに立つべきか。考えることが多すぎて頭がパンクしそうだった。

「おい坊主！」と突然背後から図太い声がした。振り返ると黒いスーツを着た男が俺の後ろに立っていた。アフロヘアーで日に焼けた黒い肌、その風貌に圧倒され、俺はその場から動けなくなった。

「早まるんじゃねぇ」と男は真剣な眼差しで俺に言う。

何か勘違いしているようだ。

「いや、全然そういうのじゃないです」

「じゃあさっきから川なんか見つめて何してるんだ？」

「いや、ネタを考えてただけです」

「ネタ……？」と男は目を丸くした。

「今月末に文化祭があって、そこで披露するネタを考えていただけです」

「文化祭……」と男は少し考えた様子を見せた後、ブハァ！と急に吹き出し「なんだ文化祭か！」と大きな声で笑った。ここまで笑うことだろうかと俺は困惑した。

「なんだ、じゃあお前は川に飛び込もうとしてたんじゃなくて、文化祭の練習をここでしようとしてたわけだ」

「まあ、そんな感じです」

「はは！　これは傑作だ」

男は手を叩いて笑った。この短時間でもわかるくらい男のツボは浅かった。

「てっきり俺はお前が川に飛び込むものだと思っていたから、救出する心構えをしてたんだぜ」

「それはご心配をおかけしました」

「いやいいんだ。バッドな内容じゃなくてファニーな内容だったからな」

俺は愛想笑いをする。

「じゃあせっかくだし、そのネタとやらをちょいと見せてもらおうじゃないか」

男の急な無茶ぶりに俺は戸惑った。

「まだ考えている段階で、全然披露出来る状態じゃないんです」俺は正直に言った。

「おぉそうか、そりゃ悪かったな」と意外にも男は簡単に引き下がってくれた。

無理にでもやらせるタイプの人間かと思ったが、そんなことでもないらしい。

「じゃあ本番とやらはどこで観れるんだ？」

「月末の西中文化祭です」

「西中ってあの薄汚い校舎のやつか？」

失礼だなと思いつつも「そうです」と俺は答えた。

「こりゃ笑えるぜ」と男はまた図太い声で笑い出した。この人のツボはわからない。男はスマホを取り出し、何かを打ち込む。日付でもメモしているのだろうか。

「絶対に観に行く」

男はそう言うと右手でグッドサインを突き出した。

3

翌日の朝、俺は担任に呼び出され、職員室に向かった。担任の顔はどこか心配そうだった。

「松下、お前ステージ発表やるんだってな」

「はい、そのつもりですけど」

「一応訊いておくけど、誰かに無理やりやらされてるとかじゃないよな？」

担任からしても、俺みたいな奴がステージ発表に出るのが意外だったようだ。

「そんなことないです。自分の意思です」

「本当にそうなのか？」

担任は引き下がらない。

「誰にも言ったりはしないから、正直に話していいんだぞ？」

「何もないですよ」

「本当に？」と担任は俺の目を見つめる。

俺がステージ発表に出るのがそこまで信じられないのか。どうやら担任から見ても俺は相当地味な奴だったのだろう。

「先生が思ってるようなことは本当にないんで心配しなくて大丈夫です」

そうか、と担任は少し安心した様子を見せた。

「そういや青木たちも野球部の連中とステージでコントをやるとか言ってたけど、そこにまぜてもらうのはどうなんだ？」

この情報は初耳だった。青木は卑怯にも複数人でステージに出るつもりなのか。いよいよ本格的にまずいことになってきた。野球部を引き連れて団体芸なんかされたら到底勝ち目がない。これじゃあ試合に出る前から負けが確定しているようなものだ。

俺は担任の提案を断り、足早に職員室を後にした。

青木となんか出るわけがないだろ。どうせ美味しいところを全部持っていくんだから。

それじゃあステージ発表に出る意味がない。俺は段々と余裕がなくなっていった。

4

その日の放課後も俺は河川敷に向かった。授業中に文化祭で披露するのに丁度よいネタを思いついたのだ。これをやれば間違いなくウケるはずだ。俺は確信めいたものを感じていた。

そのネタは癖のある先生のモノマネだった。生徒の共通認識である先生のモノマネは文化祭だとわかりやすくウケやすい。特に特徴ある先生のモノマネだと尚更だ。俺は川を観客に見立て、ネタを披露する。

「えぇ昔話をする社会の小島《こじま》先生のモノマネ」

「うーん、なんだかんだ大学の頃が一番楽しかったねぇ」

笑い声はもちろん聞こえない。だが俺の脳内で作り上げたイマジナリー観客は爆笑の渦だった。試しにもう1度やってみる。

「うーん、なんだかんだ大学の頃が一番楽しかったねぇ」

ピコン！と背後から電子音がした。なんの音だ。振り返ると自転車に跨った高校生ぐらいの男が2人、スマホのカメラをこちらに向け、ニタニタと笑っていた。今の様子を撮影されていたのだ。

「ちょっと！」と俺が叫ぶと2人はすぐにその場から逃げ出した。相手は自転車だ。到底追いつけるはずもなく俺は早々に2人を逃してしまった。文化祭で披露するネタだから誰に見られてもいいはずなのに、あのように笑われるのは少し嫌だった。なんだか当て逃げに遭ったような気分だった。

翌日、移動教室の際に廊下を歩いていると、すれ違いざまに「あれモノマネの人じゃない？」という声が聞こえた。頭が混乱した。どういうことだ？ なぜ俺がモノマネをすると知っているのだろう。額から冷たい汗が流れる。

昼休みに入ってすぐに校内放送が流れた。

「1年2組松下くん、1年2組松下くん、至急職員室小島まで」

クラスメイトが一斉に俺の方を見る。声のトーンからして先生が不機嫌であることは間違いないだろう。みんながニヤニヤと笑っている。胃が締め付けられるような思いだった。

俺は席を立ち、職員室に向かった。中に入ると、小島先生が案の定不機嫌な顔をしていた。先生は何も言わずにスマホを取り出し、とある動画を再生した。

「うーん、なんだかんだ大学の頃が一番楽しかったねぇ」

　スマホの画面に俺がモノマネをする動画が流れる。カメラの位置からして昨日の２人が撮影したものだろう。きっと無断でこれをネットにアップしたに違いない。

「これはなんだ？」と小島先生。なんだと言われても困る。

「これはまぁ、１人で勝手にやっていただけで」

「俺の大学時代をバカにしてるのか？」小島先生の顔は小刻みに震えている。

「いやそういうわけじゃ」

「消せ」

「いやこれは僕がアップしたわけじゃなくて」

「いいからすぐに消せ。いいな？」

　小島先生はそう言い放つと、俺を強引に職員室から追い出した。廊下に出ると、他の生徒が苦笑いで俺のことを見ている。とにかく最悪な気分で、冷や汗と動悸が止まらなかった。完全に先生に目をつけられてしまった。今後の授業もどんな顔をして受ければいいのかわからない。せっかく作ったネタもすっかり潰されてしまった。日付も迫っているというのにまた新しくネタを作らなければいけない。

　そして準備も整わぬまま俺はリハーサルの日を迎えることになった。

　ステージ発表者は放課後、一斉に体育館に招集された。放送部の顧問でもある坂田《さかた》先生が皆の前でステージ発表について説明を始める。

　発表は1年1組から2組、3組、と順に上がっていくことが伝統で決まっている。今年は1年1組の発表者がいないため、1年2組からのスタートとなる。坂田先生は同じクラスに複数発表者がいる場合は、人数が少ないグループから順に発表してもらうと言っている。つまり俺がトップバッターということが確定していた。

「それじゃあ早速1回やってもらうんで、松下くんステージに上って」

　何も準備が出来ていないのにもかかわらず、俺はステージに上げられた。音量調整がしたいから本番同様にお願いしますと坂田先生は無理なことを言う。ステージ下からは他の発表者たちの熱心な視線を感じる。

　ステージ脇から放送部の女の子が小走りでマイクを持ってきた。

「本番はスタンド使う？」

「あ、いや持ってやります」

「おっけ。頑張って」

その子は俺の背中を叩き、ステージ脇へと戻っていった。

「では1年2組松下くん、お願いします」スピーカーから坂田先生の声がした。

体育館の連中は皆、俺に視線を集中させる。仕方がない。小島先生のマネをしよう。ここでやる分には怒られる心配もないだろう。俺は音が入っているか確認するため、トントンとマイクの先端を叩いた。

すると「何やってるのぉぉぉぉ!!!」と坂田先生が怒鳴り声を上げた。先生はステージに上り、勢いよく俺からマイクを奪い取る。

「マイクは叩かない!!　すぐ壊れるの!!」

坂田先生はステージ上で俺を怒鳴りつける。下で見ていた他の人たちもその様子を見て驚いている。俺は同級生や他学年の前で晒《さら》し者のように怒られた。「頑張って」と言ってくれた放送部の子も不安げな表情でこちらを見ている。

「だから他の人も気をつけてね！　マイクは繊細な機材なの！」

先生のヒステリックな声が鼓膜に突き刺さる。

「もういい！　次!!」

坂田先生は俺をステージから下ろし、次の発表者である、青木たちのグループをステージに上げた。

青木たちは既に小道具の準備も整っており、ダンボールで作った背景と、針金を巻いたバットを持ってステージに上がった。青木たちのステージはリハーサルの段階でほぼ完成し切っていた。彼らのやるコントは昔話をベースにしたもので、バットを持った桃太郎が、金太郎やら一寸法師やらを別次元から引っ張り出し、オールスターで鬼をボコボコにするといった痛快な内容だった。その完成度はリハーサルの段階なのにもかかわらず、非常に高く、下で見物していた他の発表者たちも純粋な顔で笑っていた。

俺はもうこの時点で負けを確信した。こんなのに勝てるわけがない。青木はおそらくこのステージでも覇権を握ることになるのだろう。これから俺がいくら面白いことを思いつこうが、青木には到底敵《かな》う気がしなかった。そう考えると自分のやること全てが無意味に感じられ、しばらく無気力な日々が続いた。そもそも逆転を狙おうとしたのが間違いだったのだ。俺はおとなしく現状を受け入れ、地味な奴として慎《つつ》ましく暮らしていれば、盗撮されることもなかったし、怒られることもなかった。それに何よりこれから全校生徒の前で恥をかくこともないのだ。あぁ、どうしてステージ発表なんかに申し込んでしまったのだろう。後戻りが出来ない状況なのがとにかく最悪だった。そして、気持ちの整理がつかないまま、とうとう文化祭当日がやってきた。

5

暗い体育館に全校生徒が集められ、ステージに立つ司会者にスポットライトが当たる。

「さあ皆さんお待ちかね！　これよりステージ発表の時間です！　準備がありますのでもうしばらくお待ちください！」

ステージ発表者である俺や青木は、体育館脇に設置された待機スペースに体育座りで待たされた。そこには他の発表者の小道具が大量に置かれており、とにかく窮屈で暑苦しかった。

トップバッターである俺の出番が近づいている。

「なんか緊張してきたな、頑張れよ！」と青木は俺の肩を叩く。人の気持ちなど何も知らずに無邪気に笑う青木が腹立たしく思い、「うるせぇよ」と俺は青木を睨みつけ、その場から立ち去る。「え……？」と動揺する青木の声が背後から、わずかだが聞こえた。

「それではトップバッターは1年2組の松下くんによる単独お笑いショーです！　どうぞ!!」

司会者の合図と同時に明るいジングルが流れる。体育館全体に全校生徒の拍手が鳴り響く。その音に押し出されるように、俺はステージに上がり、中央の一番光の当たるエリアに立った。少し前まであれだけ待ち望んでいた場所なのになんだか居心地が悪い。拍手は次第に鳴り止み、観客は俺がネタを始めるのを静かに待った。体育館には全校生徒がいるとは思えないほど、完璧な静寂が張り巡らされている。スポットライトの光は眩しく、客席の顔は一切見えない。夏場の炎天下のようにライトの光が熱い。

ステージ脇に目をやると、放送部の子が「ガンバ」と口パクをし、握った拳を見せている。

俺はマイクのスイッチを入れ、「あーあー」と音が入っているかをチェックした。

俺は深く息を吸い込み、呼吸を整えてからネタを始めた。

「えー、毎朝学校近くの交差点にいる交通整理のおばさんのマネ」

「はい、点滅したら渡らない!!!」

透き通るような静寂。笑い声など一切聞こえてこない。しばらく待ったが、滑り笑いすら起こる様子もない。それはそうか。交通整理のおばさんじゃ弱いもんな。

「えぇ昔話をする社会の小島先生のモノマネ」

「うーん、なんだかんだ大学の頃が一番楽しかったねぇ」

またしても静寂。鼓膜が破れているんじゃないかと思い、「あーあー」ともう1度声を出してみる。確かに自分の声は聞こえるので鼓膜は破れていないみたいだ。

「おい！」という小島先生の怒鳴り声が聞こえた。同時に客席に緊張が走るのもわかった。文化祭の時くらい生徒の無礼は許せよ。なにこの程度でムキになってんだよ。俺はつくづくこの教師が嫌いだなと感じた。そしてそこから何かが吹っ切れたような気がした。

「えー、生徒にマネされてキレる小島先生」

「おい！　これなんだ？　消せ、消せ！」

客席からクスクスと笑い声が聞こえ始める。なるほどね。こういうのがウケるのか。

「おい！　お前！」と小島先生の声も聞こえる。

「マイクを叩いてキレる坂田先生のマネ」

「何やってるの！　マイクは叩かない！　繊細な機材なの!!」

チラホラと笑い声が増えてきた。

「ちょっと！」と他の先生方の怒る声も聞こえてくる。

あぁ終わったら絶対に怒られるんだろうな。なんだか憂鬱な気分になってきた。どうせこの後に青木たちが爆笑をかっさらって、俺の存在なんてすぐに忘れ去られるんだ。どうしたらここで皆の脳に爪痕を残せるだろうか。そうだ、もういっそのこと全部メチャクチャにしてやればいいんじゃないか。

「えー、この後発表する青木くんたちのモノマネ」

　俺はステージ脇に用意された、青木くんたちのダンボールセットを引き摺り出し、脇に置かれた小道具のバットを握りしめ、全力でそれを叩き潰した。

「俺は！　青木！　クラスの！　人気者‼　邪魔する奴は！　こうだ!!!」

「おい！　何してる！」と先生たちがステージに上がってくる。俺はそれに目もくれず、一心不乱にセットを破壊する。それを阻止しようと先生方は一斉に俺に掴みかかった。脇で待機していた青木や野球部員たちもそれに加勢する。俺は複数人に取り押さえられ、がんじがらめになる。楽しいはずのステージ発表が最悪な展開を迎えている。放送部の子もその様子を見て唖然《あぜん》としている。客席から見たら相当すごい絵面になっていることだろう。

　真っ暗な客席からは悲鳴が聞こえ、泣き出す生徒の声までもが聞こえてくる。

　このステージ発表においては間違いなく爪痕を残すことが出来た。しかし俺はもう終わりだ。こんなんじゃ２度とムードメーカーの座には戻れないだろう。客席のほぼ全員が俺の姿を見てドン引きしている。こんな時に１人でも笑ってくれる人がいれば救われるのに。

そう思った瞬間、真っ暗な客席の奥の方から、聞き覚えのある図太い男の笑い声が聞こえた。

「なんだか後味の悪い話が続きますね」と若松は言った。

「まぁ青春とはそういうものじゃないのか？　文化祭なんてもう縁のない人生だから少し懐かしくなったけどな」

　金崎は物思いに耽った様子で片手で本を閉じる。

「金崎さんはどんな学生時代だったんですか？」

「どんなっていっても普通だよ。遅刻せずに登校したのは数えられるくらいだな」

「普通じゃないですよそれは」若松は軽蔑の眼差しを金崎に向ける。

「お前はなんというか地味な学生時代を送ってそうだな」

「あながち間違ってはいませんけど人に言われるのは少し癪《しゃく》ですね」

　若松は表情一つ変えずに言った。

「無遅刻無欠席で成績は中の上くらいでしたね。部活はサッカー部でしたけど部員がいなかったので、１度も試合が出来ずに卒業しました」

「なんだそれ。そんなサッカー部あるのか？」

「もう僕の時代だと高校は２クラスに減ってましたよ。運動部の方が就職に有利かなと思って適当にサッカー部にした感じです」

「そんな志の低いサッカー部員もいるんだな」

「部活だけじゃなくてこの仕事もあまり高い志ではやってないですよ」

「警察なのにか？」と金崎は目を丸くして続ける。

「それはちょっとどうなんだ。なんかあるだろ、町の平和を守りたいとか、カッコイイからとか、国家権力を振りかざしたいとか」

「そんなの微塵《みじん》もありませんよ。普通に公務員なので安定してるかなと思ってなっただけです。それに地元だったら治安も良いし楽かなって」

金崎はそれを聞いて肩を落とす。

「今時の若い奴はこんな低い志で警察を目指すのか。俺の時代とは大違いだ」

「金崎さんはどうして警察、じゃなくて公安になったんですか？」

「俺はあれだよ、その時にやってた刑事ドラマに憧れてだよ」

金崎は少し照れくさそうに答える。

「え、ドラマの影響で将来決めちゃうんですか?」と、若松は引いた様子だ。

「当時はドラマみたいなカーチェイスや犯人探しに憧れてたんだ。実際は平和で地味な仕事ばかりだったけどな」

「僕からしたら逆ですよ。暇で楽そうかなと思ってなったのに事件ばかり起こって後悔してるんですから」

「この時代じゃそんなに治安が悪くなってるのか?」

「時代ってなんですか? タイムトラベラーみたいなこと言わないでください」

不意な若松の指摘に金崎はギョッとする。

「ご存知の通りサウナ事件みたいな、妙な事件が頻発してるじゃないですか。幸いまだ死亡者は出てないですけど」

若松はタイムトラベルについては冗談で言っただけのようだった。

金崎はこれ以上ボロが出ないように再び本を開いた。こういう時は口数を減らすのが一番だ。

第4話　爆弾モール

1

「まずいよ！　このままじゃ町が爆発しちゃう！」

「私、行かなくちゃ」

「ちょっと待って……まさか君、自分が犠牲になるつもりなのかい！」

「ごめんねハリス、もうこれしか方法はないの」

「そんな、君がいなくなったらこの町はどうなるんだ！　残された家族や友人、バイト先や予約していた美容室、明日届くゲーミングチェアに分割払いのスマホの機種代、それと引き出しに隠してあるオリジナル小説の処分はどうするんだ！」

「ちょっと待ってハリス、なんで引き出しの小説のこと知ってるの？　ハリス？　ねぇ、ハリス？」

「なんだこのアニメは」

俺は配信サイトのタブを閉じた。

昨今のアニメブームに伴い、放送される作品の数も異常なほど増えている。需要が増えた分供給が増加するのは自然だが、アニメに関してはここまで増やさなくてもいいように思える。

毎シーズン全てのアニメをチェックしてきた俺だが、最近じゃとてもじゃないが全てを追い切れず、とりあえず３話までをチェックしてから、継続して視聴するかどうかを決めている。

しかしこのアニメはどうだろう。３話まで観ずとも駄作であることは確定している。まずギャグアニメでもないのにツッコミどころが多すぎる。なんだあの会話は。これから命を懸けた戦いが行われようとしているのに、なぜスマホのローンや引き出しの小説の心配をしているんだ。

それとなぜ第１話なのに町が爆発寸前という最終回みたいな展開なんだ。話の運び方に無理がありすぎるだろ。

そして特に気になったのは、あの主人公の周りをフワフワ飛んでいるハリスとかいう妖精みたいな奴だ。主人公に付き添う妖精ならもっと可愛いキャラクターにすればいいのに、なぜかただのリスに羽が生えているだけの単純なデザインだ。もう少しデフォルメしたものならまだしも、そのリスだけやけに写実的なタッチで描かれているから画面から浮いてしまっている。制作者は無類のリス好きなのか？　そのくらいリスにだけ作画の気合いが入っている。それなのに名前が羽の生えたリスでハリスというのだから笑える。

　こういう酷いアニメをいい大人たちが会議の末に高いお金を出して誕生させているのだから呆れてしまう。今後の日本のアニメは大丈夫なのだろうか。

　なんだか時間を無駄にした気分だった。時計を見ると時刻は夜の10時。俺は気分転換に近くの自販機に向かうことにした。

　家から徒歩3分にあるその自販機は、暗い住宅街の中でもまばゆい光を放ち、安心感すら覚える。この世界がゲームだったら間違いなくあそこがセーブポイントだろうなと俺は遠目に見て思った。

　自販機の前に着いたので、ポケットから財布を取り出すと、うまく中に収まり切ってなかった５００円玉が手元からするりと落ちた。

チャリーンという音を立てた５００円玉は、俺から逃げるように自販機の下へと転がり込む。

俺はその場に屈んで自販機の下を覗く。夜ということもあり暗くて何も見えない。これが10円玉ならそのまま放置していたかもしれないが、５００円玉となると簡単に見過ごすわけにもいかない。

「大丈夫ですか？」

突然背後から声がした。

立ち上がり振り返ると、白いパーカーを着たまだ中学生くらいの少年が笑顔でこちらを見ている。

「もしかしてお兄さん、自販機の下に小銭を落としちゃったりしましたか？」

少年はなぜか嬉しそうに言う。

「まぁそうだけど」

「それはよかった！　そんなあなたにとって丁度いいとっておきの物があるんですよ！」

少年はそう言うと、暗闇の中では一際目立つ白いパーカーのポケットから「ジャーン」と黄色い懐中電灯のようなものを取り出した。

「え、なに？」

不審に思った俺は少年に尋ねる。

「見たらわかるでしょう、懐中電灯ですよ。もしかしてご存知ない？」

「それはわかるけど、別にスマホのライトがあるし……」

「え！　目の前に懐中電灯があるというのに、わざわざスマホのライトで暗闇を照らそうだなんて言うんですか？」

少年の声量は近所迷惑も考えないくらいに大きい。変な子だ、勘弁してくれ。

「じゃあ借りますね」

さっさと使った方が楽そうだと思った俺は、少年の手から懐中電灯を受け取った。

「僕の自信作なので使ってもらえて感謝です」

「自信作って、どういうこと？」

「おーっと今のは聞かなかったことにしてください。さぁネズミに盗まれないうちに早く小銭を」

ネズミは小銭を盗まんだろと思いながら、俺は懐中電灯の持ち手を眺める。スライド式のスイッチに加え、その下に押しボタン式のスイッチが付いている。電源はどっちだろう。

俺は適当にスライド式のスイッチを動かした。すると懐中電灯の先から真っ白な強い光が放たれた。スライドの加減によって光の強さが変わるみたいだが、うっかり最大光量まで出力してしまったようだ。俺はスライドを調節し、切れる限界のレベルまで下げた。最小の値なのにもかかわらず、スマホのライトとは比べ物にならない光量だ。

　俺は再びその場に屈み、自販機の下に光を差し込む。奥に反射する1枚のコインが見えた。あれだ。思ったよりも奥の方に転がり込んでいたみたいだ。

　俺は懐中電灯を持ち替え、自販機下に右手を突っ込む。そのまま掻き出すように手を動かすと、難なく５００円玉を取り出すことが出来た。まだ手の届く距離でよかった。

「ありがとう、取れたよ」

　俺がそう言って振り返ると、先程までいたはずの少年の姿が見当たらない。

「あれ……」とその場に立ち尽くす。

　辺りを照らしてみても周囲にいる様子もない。この短い時間でどこかに行ってしまったのだろうか。

　まさか幽霊じゃないだろうなと思ったが、それならこの懐中電灯はなんなのだと考えを改める。

　変な子だ。お礼に缶ジュースでもご馳走しようと思ったのに。

　俺は左手に残された懐中電灯を見つめる。

　これはどうすればいいんだろう。

2

土曜昼間、ショッピングモールのフードコートで俺は遠目に知らないアイドルのライブを眺めていた。

エスカレーター脇に臨時で作られた簡易なステージ。その狭苦しい舞台の上で5人組の女の子が歌って踊っている。この距離からじゃ顔はよく見えないが、こんなところでライブする程度のグループということは、クラスの中で一番可愛いぐらいのレベルだろう。

どうしてアイドルをやろうと思った時に、こんな田舎で無料ライブしか出来ないようなグループを選んでしまったのだろう。大手の事務所に落ちて落ちて落ちまくった末にこのグループに辿り着いたのだろうか。俺には彼女たちが哀れに思えて仕方がなかった。

運営側は地方からジワジワと知名度を上げていこうという魂胆なのかもしれないが、ただでさえエンタメに興味の薄いこの町の住人たちにとって、こんなライブはただの暇潰しの余興にしかすぎない。グループ名どころか明日にはライブをしていたことすら忘れているだろう。

それでも彼女たちはそんな客相手にも全力でパフォーマンスをしている。なんだか応援したくなる気持ちと、どうせ無名のまま終わるんだろうなという厭世的《えんせいてき》な気持ちが湧いてくる。

よくこういった下積み時代が美談のように語られることもあるが、それは成功したからであって、９割近くの人間が美談にも出来ないまま消えていく。

努力すれば夢は叶うというのは残酷な言葉だ。客観的に見たら１００％無理な夢でも、そんな甘い言葉が人を夢への執着から引き剥がしてくれない。

彼女たちも本当は大手のグループでアイドルをやりたかったのかもしれない。でもそれが叶わずに、せめてアイドルという職にだけでもと妥協の末に無名のグループに所属しているのかもしれない。中途半端で哀れだ。嫌でも昔の自分と重ねてしまう。

アニメが好きだった俺は将来声優になることを夢見ていた。高校を卒業後、俺は地方都市にある声優コースのある専門学校に入学した。そこには声優を目指す者だけでなく役者やダンサー、歌手を目指す人も大勢いた。

俺がその学校で学んだことはただ１つだった。地方じゃ声優になれないということだ。

プロの声優のほとんどが東京で仕事をしているという事実になぜ入学する前に気がつかなかったのだろう。地方には声優の仕事などほとんどない。それなのになぜ地方の専門学校に通うのか。それは俺がただただ無知だったからとしか言いようがない。でも仕方がないことだったとも思う。視野の狭い田舎の高校生にはそんなことわかるはずがないのだから。

何も知らない田舎の高校生の俺が声優になりたいと思い、まず考えたことは「専門学校に行けばなんとかなる」だ。ネットや学校に置いてある資料で声優コースのある専門学校を探す。もちろん地元にそんな学校があるはずもなく、近くの都市や東京にある学校が選択肢に上がる。

ここで思い切って東京に舵を切れていればまた違っていたのかもしれない。俺の選択は中途半端だった。なぜか地元に近い地方都市の学校を選んでしまった。理由は単純だった。東京に行く度胸がないのと、なるべく実家に近い方が親も安心するだろうと軽く考えていたからだ。

目先のことしか考えられなかった俺は、学校で何を学び、どういったルートでデビューするかなどの計画は立てず、とりあえず専門学校に入った時の生活だけをシミュレーションしていた。「学校に入れば色んなレッスンを受けられるんだろうな」「同じアニメ好きの友達がたくさん出来るんだろうな」「特別講習で好きな声優さんに会えるんだろうな」大金を払っているのにもかかわらず、シビアなその後のことまでを想像していなかった。

専門時代の同期を見て思ったが、ほとんどの人間が俺と同じく目先のことしか考えられない人たちだった。ただのアニメ好きと声優好き。そこに計画性はなく、なんとなく専門学校に通えば声優になれるだろうというフワフワした考えで入学した人たちだった。もしくは実家が太いお坊っちゃんお嬢ちゃんが道楽で入学したパターンだ。

案の定、俺はどこの事務所にも所属出来ないまま専門学校を卒業し地元に戻ってきた。俺だけじゃない。他の同期たちのほとんどがそうだった。事務所に受かって上京した同期も数人いたが、肝心なアニメのオーディションには全く受からず仕事がない状態が続いているらしい。奨学金を返せずに自己破産をしたという人もいる。幸いにも俺は実家が太かったため、借金を背負うことはなかったが、現状が悲惨なことには変わりない。

全国規模の華やかな夢を近場で手に入れようとしたのがそもそもの間違いだった。さっさと東京に出ていれば俺は今頃声優をやっていたかもしれない。ただ今更そう思ったところでどうしようもない。夢を追った先に待っていたのは悲劇だ。今はただただ地元で20代を浪費するだけの毎日だ。

俺はモールでライブをするアイドルを見てシンパシーを感じていた。彼女らも最初は全国規模のアイドルに憧れていたのかもしれない。でもそれが無理だったから、手の届く範囲でアイドルをやっているのだろう。

「ずいぶんと見入ってるね〜。もっと近くに寄ってみれば？」

テーブルの上に座るハリスは客席側を指さした。

「いや、ここでいいよ」

「じゃあ僕だけでももっと近くで見てこようかな〜」ハリスは小さく呟く。

ハリスの声は俺以外の人間には聞こえていない。ハリスは俺にしか見えていない存在だ。

その見た目はあのアニメと同じように羽の生えた小さなリスの姿をしている。羽の生えたリスでハリス。

ハリスと出会ったのは俺があの少年から懐中電灯を受け取った日のことだった。

3

「どこに行ったんだ」

懐中電灯だけを残し、少年は忽然とどこかへ消えてしまった。急にトイレにでも行きたくなったのだろうか。

しばらく待ったが一向に戻ってこない。とりあえず、ずっとこうしているわけにもいかないので、懐中電灯は自販機の近くにでも置いておこう。きっと後で取りに来るはずだ。

俺はそう思い、自販機近くの地面に懐中電灯を置いた。

「ちょっとちょっと！　そんなところに捨てないでよ！」

どこからか子供のような高い声がした。辺りを見回しても誰もいない。

「そっちじゃないよ！　上！　上！」

その言葉通りに頭上を見上げると、宙に浮かぶ1匹のリスがいた。俺はその姿を見て思わず声が出た。それはさっきまで観ていたアニメに出てくる妖精ハリスの姿をしていたからだ。

「見つかっちゃったみたいだね」

自分から場所を示しておきながらそう言うハリスは、背中の白い羽を動かし、俺の目の前にヒュンと移動した。

「せっかくライトを手に入れたのに手放すなんて勿体ないじゃないか」

ハリスは手をパタパタさせて愛らしく動いている。

「ちょっと待ってよ、なんだよこれ」

俺の頭は混乱した。目の前でアニメのリスが宙に浮きながら喋っている。とても正気とは思えない。

「まあまあ落ち着いて、最初はみんなそんな反応をするものさ。人によっては病院に駆け込んだりもするよ」

ハリスは慣れた口調で言う。

「でも君は狂ってなんかいないよ。素晴らしいライトを手に入れたラッキーボーイさ！」

ハリスはそう言うと地面に置いた懐中電灯を手に取るよう煽った。

俺はわけもわからないまま懐中電灯を手に取る。

「それでは早速このライトの使い方を教えてあげよう」

「ちょっと待ってちょっと待って」

俺は制止する。理解が追いつかないうちにトントン話を進められても困る。リスが宙に浮かんで喋っているんだ。こんなのどう受け止めろというんだ。

「なんだよ、せっかく説明しようとしているのに」

「ちょっと待ってよ。もう何がなんだかわからないよ、まず君はなんなの⁉」

「おっとこれは失礼！　紹介が遅れたみたいだね。僕は君の手に握られたライトが見せる幻影さ」

「幻影？」

俺は眉をひそめる。

「そう、幻影。今僕はどんな姿をしている？」

「羽の生えたリスの姿をしているよ。アニメに出てくるのと全く同じの」

「なるほど、そのアニメではなんと呼ばれているんだい？」

「ハリスだよ。羽の生えたリスでハリス」

「じゃあ僕の名前はハリスでいいよ」ハリスは早く話を進めたそうにそう言い放つ。

「なにがなんやら全然わからないんだけど」

「頭の悪い君のために詳しく教えてあげると、僕の姿は人によって違って見えるんだ。その人の頭に浮かんだものが僕の姿になる」

だからハリスと同じ姿をしているということらしい。原理は少し理解出来たが、そもそもこんなものが見えてることが理解出来ない。それに、あのアニメが印象に残ってしまっているというのが納得いかない。

「君は他の人にも見えるの？」

「ライトを握った人にしか見えないよ。僕はあくまでライトが見せる幻影だからね、君の内側に存在している意識の一部にしかすぎないよ」

ハリスはニヤリと笑って話を続けた。

「君が持つそのライトは特別なライトでね、照らした物体を違うものに変化させる力を持っているんだ」

言葉は耳に入るが内容が頭に入ってこない。とにかくリスがベラベラと喋っている光景が異常だった。なんなんだこれは。

「ちょっと聞いてるの？」

「いや……聞いてるよ」

「いやってどっちなの？」

「聞いてるよ」

ハリスは一瞬だけ不機嫌な表情をした後、すぐに元の顔に戻った。

「そっか！　まあ使って覚えるのが一番だよ。とりあえずあそこに歩いている奴を何かに変えてみるといいよ」

ハリスはすぐ近くを歩く、帰宅途中らしいスーツ姿の男を指さした。

「変えるって、どういうことだよ」

「やっぱり話聞いてないじゃないか〜。だーかーら！　スイッチを入れた状態でそこの丸いボタンを押すと、照らされたものが好きな物体に変わるの！」ハリスは早口で捲《まく》し立てる。

「好きな物体って何？」

「それは頭で想像するんだよ。このライトは想像力が全てだからね〜。自分の頭に浮かぶものにしか形を変えられないよ。赤ん坊に持たせたらおしゃぶりにしか変わらないだろうけどね」

ハリスはそう言うと1人で笑い出し、すぐに真顔に戻った。

「そうだな、試しにそこの奴を猫に変えてみるといいよ」

「いや、そんなことしたら大変だろ」

ハリスの言うことをまだ信じ切れてはいないが、宙に浮かぶリスが目の前でベラベラと喋っている光景を見ていると、今ならどんな非現実的なことでも起こってしまいそうだ。

「心配しなくていいよ。戻したかったらまた念じればいいだけだからね」

「はあ」と理解が追いつかない俺に対し「いいから！　実践だ！」とハリスはヒュッと背後に回り、俺の背中をグッと押した。幻覚に近いものなので実際には押されていないはずなのだが、体が自然と前に進む。気味の悪い感覚だ。

俺は渋々サラリーマンの方へと歩き出す。たかがライトにそんな力があるとは思えないが、もしハリスの言うことが本当だとしても、またすぐ元に戻せばいいだけだからなんの問題もないだろう。

俺はサラリーマンの前に立ち塞がると、ライトのスイッチを全開に入れた。昼間以上の明るさが目の前に広がる。サラリーマンは突然の光に「うわっ」と驚き、その場で仰け反る。俺は頭に猫の姿を思い浮かべ、丸いボタンをグッと思い切り押し込んだ。

すると、真っ白な光は黄色く変色し、照らされていたサラリーマンの体はみるみるうちに縮んでいく。尻尾が生え、全身に毛が生い茂り、急速に猫の形状へと近づいていく。

「なんだこれはなんだこれは」と俺は無意識に絶叫していた。

やがてライトのスイッチは自動でオフになり、サラリーマンの姿は完全に猫へと変貌してしまった。俺が想像した通りの真っ黒な猫に。

「すごい、本当に猫に変わってる……」

猫は俺を見て驚き、その場からすごい速さで逃げ出した。

「まずい！　元に戻せなくなる」

後を追おうとする俺をハリスが静止する。

「自分から逃げたんだからわざわざ追わなくてもいいよ」

ハリスは全く動じる様子もなく、変わらず可愛らしい笑みをその小さな顔に浮かべていた。

4

アイドルの曲が終わり、モール内には買い物客の雑音だけが残った。

「明日もミニライブをする予定なので、もしよかったらまた観に来てくださーい！」

メンバーの１人がアニメキャラのような声で観客に手を振る。

「明日も観に行くの？」とハリスは俺に訊いた。

「行かないよ。なんでこんな田舎で２日もライブなんかやっちゃうんだろうな」

「お金になるんじゃない？」

「ショッピングモールの無料ライブじゃお金にはならないよ。別にこの辺でやるライブの告知をするわけでもないし、なんなんだろうな」

「自分のお父さんに訊いてみればいいじゃん？」

「親父はそこまで関わってないと思うけど」

「店長なのに？」

「こういうのはイベントチームみたいなのが担当してるんだよ」

「へーよくわかんないや」

ハリスは興味なさそうだった。

「おー来てたのか！」と聞き覚えのある声がした。声の方を向くと親父が嬉しそうな顔で俺に近づいてきた。

「どうだったライブ、楽しかったか？」

「あんまりちゃんと観てないよ」

「なんだよ～！　なあ、せっかくだし、控え室にサインもらいに行くか？」親父が俺の肩を叩く。

「いや、いいよ全然知らないアイドルだし」

「お前が知ってるようなアイドルがここでライブするわけないだろ。さっ！　あまり待たせるとアレだからさっさと行くぞ」

親父はそう言うと俺の腕を引っ張り、椅子から強制的に立ち上がらせた。こういう時の親父は強引だ。無理に手を引っ張られて恥ずかしい思いをするより、おとなしくついて行った方が楽だろう。

「わかったから」と俺は手を払い、親父と共に従業員以外立ち入り禁止と書かれた扉を通り抜ける。

買い物客には縁のない裏側の通路を、親父は慣れた足取りでどんどんと奥に進んでいく。

親父はこのモールではトップの人間だ。すれ違う従業員たちは「お疲れ様です」と親父に一礼する。その光景が俺には自らの城を歩く王様のように見えて仕方がなかった。

「やっぱりお父さんもバリバリ関わってる感じじゃん」とハリスは得意げに俺の耳元で囁《ささや》く。

「ん、なんか言ったか？」と親父が振り返る。

「いや、なんにも」

俺がそう言うと親父は再び前を向き歩き出した。

ハリスの声は俺以外には聞こえないはずなのに。なんだか妙だ。

アイドルがいるであろう控え室の前に着くと、親父はなんの躊躇《ためら》いもなくコンコンと扉をノックし、返事も聞かずに中に入った。

「お疲れ様です！　いやぁ今日はありがとうございました！」

アイドルたちは親父に気づくと一斉に立ち上がり、「ありがとうございました！」と声を揃えて挨拶をした。

「いやぁせっかくなんでね！　サインでも書いてもらえないかなと思いまして、うちの倅《せがれ》も連れてきたわけなんですけども」

「どうも」と俺は少し前に出て会釈する。恥ずかしいので今すぐにでも帰りたかった。

「あれ？」とメンバーのうちの１人が声を出す。

「もしかして西田《にしだ》くん？」とその子は前に出てくる。

最初は誰だかわからなかったが、顔を見て思い出した。その子は専門学校で同じ声優コースに通っていた市川《いちかわ》さんだった。

「あ、専門の時の」

俺が目も合わさずにそう言うと「あれ？　なんだ知り合いか？」と親父が割って入ってきた。

「専門の時の同期だよ。アイドルやってたんだね」

「うん、なんかオーディション受かっちゃって」

市川さんは笑いながらそう言った。

「西田くんは今何してるの？」

「あ、俺は、その、プラプラしてるよ」

「はははその通りだな」と親父は俺の背中を叩いて笑う。

「西田くんは養成所とかには入らなかったんだ？」

「うん、まぁね。あの学校もなんとなく遊びで入ったっていうか……」

全然遊びのつもりではなかったが、俺は咄嗟に嘘をついていた。

「ふーん、まぁ、ああいう学校ってそういう人多いもんねー。本気の人は東京の学校行っちゃうし」

違う。俺はあいつらみたいに遊びで入学したんじゃない。自分で言っておきながら、俺は市川さんの言葉に少しムッとしていた。

「市川さんこそなんで東京じゃなくて、こんな田舎のモールに来るようなアイドルやってるの？」

「えっ……」と市川さんは言葉に詰まる。

「おい、その言い方は失礼だろぉ」

親父がため息混じりに俺の肩を叩く。

「だってさ、こんな田舎のモールで無料ライブやってもファンなんかつかないしさ、ローカルで成功したってたかが知れてるじゃん。普通に大手のオーディション受けた方が早くない？」

言いながらこれは口に出しちゃダメなやつだと後悔が押し寄せる。

市川さんは少しの沈黙の後口を開いた。

「なんかさ、西田くんって専門の時から視野狭いよね。こういうライブでもファンは増えるし、別にみんなが大手のアイドルやりたいわけじゃないんだよ。それに私だけならまだしも、知り合いでもないメンバーがいる前でそれ言うのって失礼じゃない？」

市川さんもその後ろにいるメンバーも俺に対し冷たい視線を向けている。何度見たかわからないあの目線。地元に帰ってくれば見ることがないと思っていたのに。あぁ、今すぐにでも逃げ出したい。

親父はただならぬ空気を感じたのかその場であたふたしている。

「そ、それじゃお時間取らせてすみません、そろそろ失礼しますね」

俺は強引に親父に引っ張られ、控え室を後にした。

もう20半ばになるというのにこれではまるで子供みたいだ。

控え室を出ると「親しき仲にも礼儀ありだぞ」と親父は俺に鋭く人指し指を突き立てる。

「いや、ただ気になったから」

「思ってても口にするな。お前ももう大人だろ」

俺は言葉が出なかった。親父は軽くため息をつき「ちょっとお父さん警備の人間と打ち合わせがあるから続きは後にしよう」と早歩きでどこかへ行ってしまった。俺は肩を落としながら従業員通路を出ると、元のフードコートの席へと戻った。

「言ってやったねぇ」

ハリスはニヤニヤしている。

「あんなこと言わなきゃよかった」

俺はテーブルに突っ伏した。

「あの子も内心思ってることを言われてピキッちゃったんだよ」

「完全に嫌われたよ。マジで俺嫌な奴だわ」

「嫌われたってどうでもいいだろ？　君はもう終わってるんだから」

顔を上げてハリスを見ると、満面の笑みを浮かべている。なんだか前よりも顔つきが悪くなっている気がする。

「おめぇなんで１人で喋ってんだ？」

突然右隣から声がした。右を見ると、黒スーツにアフロヘアーの男がこちらを睨んでいた。さっきまでは誰も座っていなかったはずなのにいつの間にか隣に座っている。

「どうして１人で喋ってるのかって訊いてるんだよ」

「つ、通話してただけですよ」

「スマホも持ってなければイヤホンも付けてねぇじゃねぇか」

男は怪訝《けげん》な視線を向け、少しずつ顔を近づけてくる。

「独り言ですよ、独り言。なんですか急に」

俺は男と目が合わないように適当な方向を見る。

「いやぁちょっと怪しいなぁと思ってな。もしかしたらお前さんが悪さをするんじゃねぇかなって」

自然と体から汗が湧いてくる。

「僕が悪さをするように見えますか？」

「見えて見えてしょうがねぇな。悪さをする奴ってのは、お前みたいに人生に不満を抱えたような目をしている奴がほとんどだからな」

日に焼けた男の顔がどんどん近づいてくる。

「そんな見た目だけで勝手に判断されるのは困ります」

「俺はプロだからな。見る目だけは自信があるんだよ。舐めてもらっちゃ困る」

プロってなんのプロだよ。この男はどうして急に絡んでくるんだ。

男の顔が鼻息の掛かる距離まで近づく。その表情は同じ人間とは思えないほどの殺気を放っている。野生動物に食い殺される瞬間はこんな気持ちになるのかもしれない。男の鼻が頬に触れる直前、スッと男は顔を離し、前のめりになり宙に浮いていた腰を椅子に下ろした。

「まあいい、今は見逃してやろう。ただ1つ質問だ。最近怪しい人物に声をかけられたりしなかったか？」

「まさに今かけられてる途中ですかね」

「ふざけんじゃねぇ。真面目に答えろ」

怪しい人物と言われて、確かに俺には思い当たる人物がいる。懐中電灯を渡してきたあの少年のことだ。しかしここでそれを話したら面倒なことになりそうだ。

「ないですよ」

「…………」

男はしばらくの沈黙の後、椅子から立ち上がった。

「ま、お前は今のところ大丈夫そうだな。時間を取らせて悪かったな」

「なんなんだよ……」と思わず声が漏れる。

「そうだ、明日はこのモールに来ない方がいい」

男は静かにそう言う。

「なぜですか？」

「もしかしたらボンッ！と爆発するかもしれねぇからな」

男はニコリと白い歯を見せて笑うと、その場を立ち去った。

なんなんだあのアフロ野郎は。爆発なんて子供みたいなことを。俺の足はガクガクと震えていた。あんな奴に絡まれるのは初めてだ。

怪しい人物とはなんのことだろう。もしあいつの言っている人物が俺にライトを渡してきた白パーカーの少年のことだったとしたら。俺があそこで知っていると答えていたらどうなっていたのだろう。やっぱりあのライトは危険なものだったりするのだろうか。

5

物を変化させるライトを手に入れたことにより、俺の生活は劇的に変化するものだと思っていた。こんな魔法のような道具を持つのはいつだって主人公だ。きっと物語の主人公ならば、この道具を利用して人々を救ったり夢を叶えたりするのだろう。

しかし現実はそううまくいかない。それは自分の性格上、こういった大いなる力は慎重に使用しなければならないという考えがあったからだ。俺は数多くのアニメを観てきている。力に溺れた登場人物たちがどのような結末を迎えているかはある程度知っている。

例えばライトの力を使ってその辺の石ころを金塊に変えたとしよう。俺はその金塊を売却して多額の財産を得ることが出来るだろう。しかしそのうちきっと怪しまれるはずだ。なんでこんな田舎のなんでもない若造があそこまでの金塊を手に入れられるのか。きっと何か裏があるに違いないと。そして俺は気づかぬうちに身辺を調査され、そのうちライトの存在が知られてしまうだろう。そうなったら終わりだ。ライトだけでなく命を奪われる可能性だってある。確かにバレない程度に金塊を作ることも出来るかもしれない。そうすれば小金持ちくらいにはなれるだろう。しかし、金を持ったからといってどうなるんだ。俺は高級車に乗りたいわけでも豪邸に住みたいわけでもない。俺が望んでいることは、ただ1つ。声優になる、ただそれだけなんだ。こんなライト1つではどうしようもないじゃないか。

超常的な力を手に入れたところで訪れたのはただただ変わらず過ぎる毎日だった。俺にはそこから変化する勇気もなかった。

フードコートで絡まれた俺はなんだか怖くなり、その後すぐに帰宅した。

その日の晩、夕食後に俺は親父の部屋に呼び出された。きっと説教の続きだろう。親父は俺が部屋に入るなりすぐに口を開いた。

「今日のお前を見ていて思ったんだが、やはりお前には社会経験が足りないと思うんだ」

親父は腕を組んで額に皺を寄せている。

「もう24になるんだから、いつまでも家でゴロゴロしてないで、そろそろ働きに出なさい。もう少し外の人間と関わらないとダメだ」

「でも地元じゃまともな職なんかないよ」

「選り好みするからよくないんだ。父さんがお前くらいの頃はバリバリに働いて仲間と車を乗り回していたぞ。もしあれなら父さんのモールで働いてもいいし」

「それは嫌だよ。それだったら専門の時の場所に戻ってそこで就活するよ」

「あそこが合わないってのはもう学んだだろ。また戻っても同じ思いをするだけだぞ」

「合わなかったのは学校であって、街自体は好きだったよ」

「じゃあまた1人暮らしするのか？」

「そうなるよね」

「その資金はどうするんだ」

「…………」

　俺にはそれが言えなかった。親父はきっと俺が何も答えられないことを知ってそう訊いてきたんだ。

「前は2年間だけ進学するって言うから父さん出したけど、お前ももう大人なんだから経済的に自立出来るようになってから、1人暮らしをしなさい」

「…………」

「まずは地元でアルバイトでもなんでもいいから働いて自分の力で稼ぐということをしな

さい」

「まあ近々……」

俺は父さんの部屋を後にし、自分の部屋に戻った。パソコンを開き、地元の求人を調べる。コンビニバイト、牛丼屋、介護、町工場の求人が出てくる。ただ、自分がそこで働く光景をどうしても想像することが出来ない。俺が想像出来るのは、マイクの前で台本を持ち、アニメの映像に声を当てている自分の姿だ。ただその光景に辿り着くまでの道筋がどうしても見えてこない。

バイトをして1人暮らしが出来るまでのお金を貯めたとしよう。でも20代で貯められる金額じゃ上京することなんてとてもじゃないが出来ない。少し妥協をして専門の時に住んでいた街に引っ越したとしても、そこで何が出来る。多少賃金の高い求人はあっても声の仕事はまずないだろう。でもずっとこの町にいるよりはマシなのかもしれない。どうやったらこの生活から抜け出せるだろうか。あぁ、俺はどこで選択を間違えたのだろう。そもそも高校を卒業してすぐに東京に行っていたとしても俺は声優になれていただろうか。もしなれていなかったらと想像するだけで、心臓が凍えるような恐怖心が湧いてくる。声優になれなかったら俺の人生はなんなんだろうか。

窓から地元の景色を眺めてみる。街灯も少なく、家の明かりがポツポツと見えるだけだ。

あぁ、俺はずっとこの町から出られないのだろう。声優になる道筋は見えなかったのに、この町で何もせず歳を取っていく姿は容易に想像が出来る。気を紛らわすために適当にアニメを流す。パソコンに映るアニメの映像が果てしなく遠いものに感じる。これ以上は何も考えたくない。俺はアニメを小音で垂れ流しにし、そのまま眠りについた。

　翌日の昼間も俺はフードコートにいた。隙を見て市川さんに謝りに行きたかった。爆発がどうのこうの言っていたアフロ野郎の忠告など無視だ。こんな田舎のショッピングモールで爆破テロなんて起こるはずがない。大手のアイドルが来ていてその過激なアンチが爆破予告をしているというならまだわかる。でも市川さんたちのグループがまだそこまでのアンチが湧くレベルだとはお世辞にも思えない。

　ただ、ショッピングモールにはいつもと違う空気が流れていた。昨日よりも明らかに警備員の数が多い。まるで何かを警戒しているかのようだった。そこで俺は昨日の親父との会話を思い出す。

「警備の人間と打ち合わせがあるから」親父はそう言っていた。もしかするとモールには爆破予告のようなものが届いていて、それの対策として警備員増加の会議をしていたのかもしれない。だとすればこの警備の厳重さにも納得が出来る。

でも、まだわからない。こんな田舎のモールを誰がなんの目的で爆破しようというのだろう。

「お！　始まったよ！」とハリスが叫ぶ。

「みんな今日も来てくれてありがとー！」

ステージの方から声がした。ライブが始まったようだ。観客は20人くらいだろうか。買い物途中の客が立ち止まって物珍しそうに見ている。前列には3人ぐらいの熱心なファンがカメラを構え、しゃがんでいる。市川さんの言う通り、ファンは確かにいるようだった。

曲のイントロが流れ出し、本格的にライブが始まる。なんだか胸騒ぎがしてきた俺は、スマホを取り出し、なぜ今日はこんなに警備員が多いのかと、親父にメッセージを送った。わざわざメッセージを送ることでもないかと思ったが、この胸騒ぎを一刻も早く抑えたかった。親父からはすぐに返信がきた。

「イタズラだと思うけど　爆破予告がきてたから　念のため」

一気に冷や汗が溢れ出た。まだ確信に変わったわけではないが、念のためここを離れた方がいいような気がしてくる。でも親父と市川さんはどうする。もしモール全体が吹き飛ぶような爆発が起きたら、２人とも無事では済まないだろう。なんの確証もないのにここから逃げようなんて言ってもついて来てはくれないだろう。どうするのが一番後悔しない選択なのかがわからない。俺の選ぼうとする道はいつだって間違っているからだ。

その時、ステージ前の観客たちの間をすり抜ける黒スーツの男が目に入った。昨日のアフロ男だ。

まさかとは思うが、あいつが爆破予告をした犯人じゃないだろうな。モールの店長である親父が爆破予告のことを知っているのならわかるが、なんの関係者でもないあいつがなぜこのことを知っている。昨日俺に対して言ったのは店長の息子だと知ってのことなのか。もしあいつが爆破予告をした張本人なら納得がいく。

俺は右手にライトを握りしめ、ステージの方へと歩き出す。ハリスは何も言わずに後をついてくる。

フードコートからステージまではすぐだ。俺はアフロ男の元へと歩み寄る。客席には笑顔でライブを観る親父の姿も見えた。曲はサビに近づき曲調も盛り上がる。

アフロ男は近づく俺に気がついたのか、こちらを睨み「おい忠告したはずだぞ」と俺に指を突きつけた。

「お前が爆破予告の犯人か？」

俺はライトを持つ手に力を込めて言った。

「何言ってやがる、俺はな、必死に犯人を探している最中なんだよ」男は一瞬力が抜けた様子で言った。

「じゃあなんで爆破予告されてるって知ってるんだ？」

「本に書いてあったんだ、って言ってもおめぇには理解出来ねぇか」

男は落ち着き払った声で言う。

クソッ、何が起きているんだ。どうしたらいい。念のためここでこの男の姿を変えておくべきか。

「おい、お前それ」

男は俺の手に持つライトに気がつくと目の色を変えた。

「どこでそれを手に入れた。答えろ」男はライトを持つ俺の手を強く掴む。

「痛っ！　やめろ！」

「おい早く答えろ！」

男の力が強まる。

「やめろって！」

俺は男の手を引き剥がそうと腕に力を込めて抵抗する。近くにいた警備員が異変に気づき近づいてくる。

「おい何してる」

聞き覚えのある声もした。あぁ親父だ。

俺は男の姿を変えようとライトの電源を入れた。先端から白い光が放たれる。それに気づいた男は手を離す。

「爆弾をどこに隠した！」

俺は男に詰め寄る。

「おい、今すぐ電源を切れ」

男の顔は強張っている。

「おいお前！　うちの息子に何をする！」

親父が男に掴みかかった。

その時だった。「今だ！」とハリスの声がした。

ハリスはライトを持つ俺の右手を抱きしめ、リスとは思えない力で俺の親指を掴み、無理やり丸い押しボタンにその指を押し込んだ。

アフロ男の方に向いていたはずのライトの光は、ハリスが軌道をずらし、親父の全身に黄色い光を浴びせる。親父は光に驚き目を覆う。

ダメだダメだまずい。このライトは頭で念じたものに人や物体を変化させるんだ。俺の頭は今爆弾のことでいっぱいだ。

「やっと面白くなってきたぞー！」

ハリスの嬉々とした声が聞こえた。

「どうなっちまったんだこれは」金崎は力の抜けた声で言った。

「これも実際にこの町で起きたことを元にしていますね。少々脚色が入っていますが」

「なんだ、妖精さんが現れて店長が爆弾にされたのか？」

「妖精さんがいたかどうかは知りませんが、モールで爆弾騒動があったのは事実です」

　それを聞いた金崎は表情を一変させた。まさかこの町で爆弾騒動が起こっているとは。

半分他人事のこの時代の出来事に、金崎はつい笑みがこぼれる。

「本当にこの町は治安が悪くなってるみたいだな」

「なんだか嬉しそうですね。まぁ治安が悪いと言うより変な事件が多いって印象ですけど」

「で、爆弾はどうなったんだ？」

「見つかっていませんよ。中学生くらいの男の子が持ち去ったみたいな噂もありますが、それも本当かどうか」

「そんなの監視カメラでも調べればわかるだろ」金崎は呆れた様子で言う。

「何者かによって電源が切られていたんです。店長も行方不明でモールは混乱していますよ」

「まさか本当に爆弾にされているんじゃないだろうな」

「そんなこと実際に起きていたら、アメリカからグラサン掛けた黒服がいっぱい来ていますよ。単なる別件での失踪事件だと思いますけどね」

若松からため息がこぼれる。金崎はこの時代の出来事が羨ましくて仕方がなかった。自分がいた時代にこれくらいの事件が起きていれば退屈はしなかっただろうにと。

「こういうことを言うと不謹慎かもしれないが、これだけ事件があると警察の仕事もやりがいがありそうだな」それを聞いた若松は瞬時に顔をしかめる。

「勘弁してくださいよ。僕はこの町に配属された時、暇そうでラッキーって思ってたんですから」

「いやいや、俺が現役の頃は本当に暇で退屈だったから」

「現役の頃って、今でも現役なんじゃないんですか？」

金崎は言葉を詰まらせた。

「てっきり金崎さんが来たのは、この町で妙な事件が頻発していたからだと思っていましたけど、実際のところどうなんですか？」

　金崎は突然現れた自分になんの疑いもなくついてくる若松を不思議に思っていた。しかし、現在の町の様子を聞くとそんな人物が現れても疑念を抱かなくなるのもわかる。一方通行のサウナに組織的食い逃げ犯、そして爆弾騒動。どれも金崎がいた時代では聞かないような事件ばかりだ。外部から調査が来てもおかしくはないだろう。金崎自身、今の自分の境遇を不思議に思っていた。川に飛び込んだ警官が未来に飛ばされ、その時代の警官と行動を共にしている。十分おかしな話だ。ただ、この事実を若松に伝えたところで、信じてもらえる確証はまだない。今はまだ公安のふりをして誤魔化すのがベストだろう。

「最初にも言った通り俺のことはまだ深く詮索はするな」

「まだってことは後々教えてくれるんですよね」

「後々な」と金崎は無愛想に答える。

「そもそも最初からここを目指していたということは、金崎さんはこの本を探していたんじゃないですか？」

　鋭い考察だと金崎は思ったが、残念ながら深い意味はなく、ただ自分の家だから帰ってきたにすぎない。その先のことなどは何も考えていなかった。しかし、こうして自分の家にこのような本が置いてあるのは偶然と呼ぶには少し出来すぎている気がした。それはまるで人形劇のように、金崎の腕や手足から線が伸び、その上で何者かが線を操り、物語の登場人物として2人をここに導いている。そんな気分だった。

第5話　変身キャット

1

ある朝俺はランドセルを背負った少年に道路で起こされた。

「おい、朝だぞ起きろ」

うっかり外で眠ってしまったのだろうか。少年は「起きろ起きろ」と俺の頭を触っている。なんだこの警戒心の薄い少年は。少し注意してやろう。

「おい君、あまり知らない大人に不用心に声をかけるものじゃないぞ。ましてやこんなところで寝てるような奴はもっと警戒した方がいい。両親に教わらなかったのか？」

そう言う俺に少年は目を輝かせてこう言った。

「すげぇ猫って本当にニャーって鳴くんだなぁ」

一体何を言っているんだこの少年は。俺が困惑していると、少年の後ろからランドセルを背負った少女が近づいてきた。

「ちょっと！　黒猫は不吉だから触っちゃダメなんだよ！」

少女はそう言うと、少年の手を引っ張りどこかへ走り去っていった。

黒猫とはなんのことだ。少年が言っていたことも理解不能だ。それ以上に俺は先程から強く感じている体の違和感が気になって仕方がなかった。

恐る恐る自分の体を見てみる。短い足が４本生えており、暗闇のような真っ黒な毛が全身を覆っている。手のひらには肉球があり、鋭利な爪も生えている。なんだこれは。まるで猫の視界じゃないか。思えばさっきから地面がやたらと近い。

一体どうなっている。近くに鏡のようなものはないだろうかと俺は辺りを見回す。しかし、そんな都合良いものは近くにない。

俺はふと閃き、車道に止まっていた車のフロント部分に飛び乗った。思った通りフロントガラスには薄らと外の景色が反射している。そしてそこにはガラスを覗き込む1匹の黒猫の姿があった。

俺はゆっくりと首を傾げる。ガラスに映る黒猫も同じように首を傾げている。

あぁとんでもないことになってしまった。この黒猫は間違いなく俺だ。

俺はフロントから飛び降り、辺りを見回した。しかし見えるのはいつもの住宅街で、なんの答えも得られない。

一体何が起こっている。俺は猫になってしまったのか？　いや、そんな非現実的なことが起こっていいはずがない。とにかく遅刻しますと会社に連絡を入れないと。

俺は自分が寝ていた場所に戻り、スマホを探した。しかしスマホどころか着ていたスーツすらどこにも見当たらない。思えば服を着ていないのに寒さも感じなければ、羞恥《しゅうち》心《しん》もない。外見だけでなく、感覚も猫そのものだ。本格的にまずい状況になってしまった。昨晩まで人間だったはずの自分に何があったのだろう。俺は昨日の出来事を思い返す。そうだ、あれは会社の帰りだ。住宅街を歩く俺の前に何者かが急に現れたんだ。

暗くて顔がよく見えなかったが、そいつは懐中電灯のようなものを取り出し、俺に光を当てた。焼けるような眩しい光を当てられた俺は、みるみる体が収縮し、この体になってしまった。咄嗟に走って逃げ出したが体力が尽き、こうして道端で目が覚めたのだ。

俺は自分の右手に付いた肉球を眺める。こんなことが現実に起こっていいのだろうか。朝の住宅街では俺の大事件などつゆ知らず、平和な時間が流れている。

しばらくその場で呆然とした後、俺はハッと我にかえった。このままここでこうしていてもどうしようもない。なんとかして元に戻る方法を探さなければ。しかし、こんな非常事態にどうしたらよいものか。ネットも使えなければ、人に話すことも出来ない。文明が進んだ社会とはいえ、生身で自然に放り出された俺は限りなく無力に等しかった。

そんな途方もない状況の俺の真横を1匹の三毛猫が通りかかった。ふっくらとした首輪の付いていない野良猫で、右耳が少しだけ欠けている。三毛猫は俺になんか目もくれず通り過ぎていく。

「おい、そこの三毛猫！」

俺はすかさず声をかけた。三毛猫は体をビクッと反応させた後、ゆっくりこちらを振り返った。

「少々訊きたいことがあるんだが、時間は大丈夫か？」

「え、なに……？」

三毛猫の顔は引きつっている。よかった、猫同士だと会話は出来るみたいだ。

「この辺りで懐中電灯を持った人間を見なかったか？」

「懐中電灯？　何それ？」

三毛猫は懐中電灯というものを知らない様子だった。

「そうだな、光る棒みたいなものだ」

「さあ、知らないね。それじゃあ」

無愛想にそのままそっぽを向いて立ち去ろうとする三毛猫を「ちょっと待て」と俺は強引に引き止める。

「ここで会ったのも何かの縁だ。少し行動を共にしようじゃないか」

「なんだよ急に馴れ馴れしいな。僕は忙しいんだよ」

「猫が忙しいわけないだろう。この辺りのことを教えてくれ」

いくら知っている町とはいえ、人間と猫とでは自然界のルールが違う。猫の状態で何か禁忌を犯してしまえば命を落とす危険性だってある。今の俺はか弱い小動物なのだ。この三毛猫から聞けるだけの情報は仕入れておきたい。

「いやこの辺りのことって、あんたどこから来たの？」

「うーん、詳しく説明するのは難しいが、俺は元人間なんだ」

「人間？」

「ああそうだ。昨晩何者かに襲われて姿を変えられたんだ」

それを聞いた三毛猫は「ぷぷぷ」と笑い出し、地面に転がった。

「あんた面白いね。自分を人間だと勘違いする飼い猫は見たことがあるけど、元人間だなんて言うバカを見たのは初めてだよ」

「笑い事じゃない。事態は深刻なんだ」

「あぁ可笑しい。いいよ、退屈しのぎに少しだけ付き合ってやるよ」

　三毛猫はそう言うと起き上がり、交差点をくるりと左に曲がり、国道方面に向かって歩き出した。よかった、きっとこの周辺を案内してくれるのだろう。俺は素直に三毛猫の後をついていく。

「遅れてすまないが、名前を伺ってもよろしいか？」

「名前なんてないよ。飼い猫じゃないからね」

「それは難しいな。じゃあ三毛猫にちなんでミケと呼ぶのはどうだろう？」

「なにそれ。まぁ勝手に呼べばいいさ」

　この短時間でもわかるくらいにミケは無愛想な猫だ。しかし野良猫というのはこういうものなのかもしれない。

「ところでミケよ、俺と同じように猫に変えられたという人間は他にもいたりするのか？」

「さあね、そんなの初めて聞いたよ。あんたは人間になった夢でも見ていたんじゃないの？」

「いやそれはない、人間の頃の記憶は鮮明に覚えている」

「あっそ」とミケは興味なさげに俺をあしらう。その後、ミケはチラッと振り返って俺を見た後「しばらく真っ直ぐ進むよクロ」とにやけた顔でわざとらしく言った。

「クロとはなんだ？」

「お前が僕をミケって呼ぶなら、黒猫のお前はクロだよ」

「なるほど、そういうことか」

「どうだい？　勝手に名付けられる気分は？」

ミケは意地悪な笑みを浮かべている。

「うん、悪くないな。こっちの世界ではクロってことにしておこう」

「……ふん、変な奴」

ミケは不満げにそう言うと黙って先を歩き続けた。

やがて俺たちは住宅街を抜け、車が数多く行き交う国道へと出た。

目の前では車が交差しており、左にはコインランドリー、右にはパチンコ屋が目に入る。

普段はなんとも思わないこの国道も、猫の視点で見ると圧倒的な死の迫力を感じさせる。

「ここを渡ろうとして死んだ奴は山程いる。長生きしたけりゃ車の少ない夜以外は渡ろうと思わないことだね」

ミケはそう言うと左に曲がり歩道を歩き始めた。轟音《ごうおん》で交差する車たちを横目にミケは何食わぬ顔で歩みを進める。その肝の座りようは流石野良猫といった感じだ。

コインランドリーの前を通り過ぎると、左手にゲームセンターが見えてきた。オープンしたての頃に冷やかしで1度行ったきりでそれ以降は縁のない場所だ。駐車場もガラガラで、経営的にやっていけてるのかと心配になる。

「あそこは従業員がよく飯をくれる良いエサ場だ。覚えておいて損はないよ」

「なるほど、飯に困ったらあそこに行けばよいということだな」

「ただし、夜は危ない人間も多いから近づかない方がいいだろう。あそこで何匹も殺されてる」

そんな奴らがいるのかと思わず戦慄《せんりつ》する。自分が知らないだけでこの町にも凶悪な人間が生息しているらしい。

国道沿いをさらに進むと俺たちは大きな橋にぶつかった。町を東と西に分断する大きな川。それを唯一繋ぐこの橋は、町民にとっては欠かせないものだ。

チェーン店の多い西側に比べ、東側には閉店した店と廃工場が多く点在している。しかしそんな東側の土地のレベルを大きく上げるかのように、3年前、東側北部に大型ショッピングモールがオープンした。

大型モールはこの町全体の買い物を支える商業施設になっており、いつの間にか町民の生活はそのモールに依存するようになっていた。この橋は西側の人間にとってはモールに行くのに必要不可欠な存在だ。

「この橋から向こうは立ち入り禁止だよ」

ミケは橋の向こうを眺めてそう言った。

「向こうに行くと何がまずいんだい？」

「あそこは白猫の縄張りだ。西側の僕たちは下手に立ち入らない方がいい」

「その白猫っていうのはどんな奴なんだ？」

「東全体を仕切ってるボスだよ。僕もそんなに詳しくは知らないけど、残忍な奴という噂だけはよく聞くよ」

「それはまた恐ろしいな」

やはり猫の世界というだけあって、しっかり縄張りが存在しているらしい。

「君は本当に何も知らないんだね」

ミケは不思議そうな顔をして俺の顔を覗き込む。

「だから最初に言っただろ。俺は元は人間なんだ」

「まだ言ってるよ。もしそうだったとして、なんで猫になったのさ」

「自分からなったわけじゃない、誰かに無理やり姿を変えられたんだ」

「ふーん、でもよかったじゃん。これで君も高尚な生物の仲間入りさ」

ミケは猫こそが生物ピラミッドの頂点にいるといった口ぶりだ。「猫はそこまで偉いものでもないだろ」と言いたくもなるが、考えてみると、人間だって自分たちが一番だと思っている。文明だの強さだの、何をもっての一番なのかそれぞれ違うだけで、生物は基本自分たちこそが一番だと思っているものなのかもしれない。

ミケは橋を渡らずにUターンし、川沿いから1本横にずれた駅まで続く通りに入っていった。俺は当然その後を追う。

通り過ぎる建物は古い自転車屋や、かつて写真屋だった空き店舗など、一昔前で時間が止まったかのような建物ばかりだ。その中でも一際古い、瓦屋根の建物の前でミケは止まった。建物の看板には「銭湯ゆ〜りか」と書かれている。

「ここが僕のメインホームだよ」

ミケはそう言うと、入り口横でリラックスした様子で座った。

「こんなところに銭湯があるなんて知らなかったよ」

「銭湯？　なんだいそれは？」

「そんなことも知らないのか。そうだな、ここは人がお湯に浸かりに来る場所なんだよ」

「へぇ初めて知ったよ」とミケは興味なさげに欠伸をした。

猫は人間社会のものをそこまで意識せずに生きているのかもしれない。

「それじゃあ僕はもう疲れたからあとは勝手にしな」

ミケはそう言うともう付き合いませんよといった感じで、素っ気なく目を瞑って横になり、そのまま眠ってしまった。なんともまあ自由な奴だと俺は思った。

ミケを頼れなくなった以上、ここから先は1人でなんとかするしかない。意味があるかわからないが、俺はとりあえず周囲を散策してみることにした。

銭湯前の通りを北に真っ直ぐ進むと、駅前に辿り着いた。ここなら人通りも多いだろうし、もしかすると例の人物も現れるかもしれない。しかし、肝心なことを忘れていた。俺はその人物の顔を目撃していない。情報がない以上、駅前の張り込みも無意味に等しい。

俺は行き交う人々をしばらく眺め、とにかく怪しい人物がいないかと目を全開にして見回したが、そんな奴はなかなかいなかった。俺は通勤通学の人々が行き交う光景を無意味に眺め続けるしかなかった。

これはかなり詰んでいるのかもしれない。あまりの情報の少なさに呆然としてしまう。

俺はなぜ猫に変えられてしまったのだろう。ただの事故なのだろうか。それとも何か恨みを買ったりしていたのだろうか。わからないというのは何においてもただただストレスでしかなかった。

「あらら、どうしたのこんなところでー」

呆然と立ち尽くしている俺に1人のおばさんが声をかけてきた。この辺に住んでいる人だろうか。

「あまり見ない子だねぇ。これあげるよ」

そう言うとおばさんはトートバッグをゴソゴソと漁り出し、中からスティック状のエサのようなものを取り出した。おばさんは封を切り、中のジェル状のものを押し出すと、ほら食べなさいとこちらに差し出した。俺は恐る恐る顔を近づけ、抵抗はありつつも試しにペロッと一口舐めた。その瞬間衝撃が走った。うまい。うますぎる。これは初めての味だ。皿に載せられたフルコースをギュッと1つに凝縮したような旨味の塊だ。朝から何も食べていなかった俺は夢中になってそれを舐めた。おばさんは「ふふふ」と嬉しそうにしている。しかし、ハッと正気になり、瞬時に身を引く。俺の人間の部分が目を覚ましたのだ。何をしているんだ俺は。お前は人間なんだぞ。猫の食い物なんか食ってどうするんだ。これじゃまるでただの猫じゃないか。俺はその場を逃げるように立ち去った。「あらら」と残念そうにするおばさんの声が背後に遠のいていく。

2

エサを食べる自分の姿を思い出すと心が苦しかった。体だけではなく心も猫になりかけていた。俺はこのまま猫という存在に飲み込まれて、自分が人間であったことすら忘れてしまうのだろうか。その恐怖はある意味死に近いものがあった。一刻も早く人間に戻る方法を見つけないと自分を見失ってしまう。

気がつくと俺はミケのいる銭湯前へと戻っていた。ミケは変わらず目を瞑っている。

「おいミケ、ダメだ、手がかりが何も見つからない」

「あっそ、よかったね」

ミケは目を瞑ったまま返事をする。眠ってはいなかったようだ。再びミケと会ったところでどうすることも出来ないのだが、今は他にどうしようもなかった。

すると、ゴゴゴという今にも壊れそうな音を出しながらトラックが銭湯の前で突然停車した。フロントから軽く煙が漏れていて、誰がどう見てもわかるくらいには故障していた。ドアが開き、イライラした様子の男が出てきた。その男を見た瞬間俺の中の本能が「コイツだ！」と力強く反応した。男は短めのアフロヘアーに黒スーツを着て、肌がバカンス帰りのように黒く日焼けしている。見るからに怪しい人物だ。

男は「クソ！　このポンコツ」と張り手でトラックのボンネットを思い切り叩く。するとエンジンは再び音を立てて動き出した。男は「よし」と満足げに笑うと運転席に乗り込んだ。「多分あいつだ」と俺はミケの方を見た。ミケも男の様子を見ていたのか目を丸くしている。

俺はこの好機を逃すまいとトラックが発進する寸前に荷台に飛び乗った。

「おいおいちょっと！」とミケも立ち上がり、俺の後に続いて同じく荷台に飛び乗った。

それと同時にトラックはガタガタと大きく揺れ、轟音を上げて走り出した。

「あんた何考えてるのさ！」

風圧とトラックの轟音の中、ミケは声を張り上げて言う。

「どう考えたってこいつが犯人な気がしてならなかったんだ！」

俺も同じくらい声を張り上げて言った。

「どこ行くかもわからないんだぞ！」

「じゃあなんでついて来たんだ！」

「勝手に死なれると後味が悪いだろ！」

てっきりミケは自分以外に興味がないものだと思っていたので、そんなことを言うのは意外だった。

　トラックは大きく左に曲がり、荷台の俺たちはゴロンと体勢を崩す。ミケは立ち上がり、外の景色を見る。

「橋を渡ってる！　東に向かうつもりだ！」

　その後トラックは国道を外れ、左折や右折を繰り返した後、再び鈍い音を立てて停車した。乗車時間的にそこまで遠くへは来ていないはずだ。

　俺は荷台から頭を出し、外の様子を窺う。草の生い茂った原っぱの中にポツンと一軒の古びた民家が立っている。そこは地元でも有名な心霊スポットの廃墟だった。位置的には、町の東の中心部よりもさらに東だ。

　廃墟は一般的なものよりも少し大きめの民家で、地元では１００万円の家と呼ばれている。それは家の価値が１００万円というわけではなく、あまりにも危険すぎて、１泊しただけで１００万円がもらえるという理由からだった。冷静に考えると意味のわからない噂話だ。一体誰がそのお金を渡すというのだろう。

　男はトラックを降りると、その廃墟の中へと入っていった。

「これからどうすんのさ」

　ミケは不機嫌そうに言う。

「あいつを襲って、懐中電灯を奪うんだ。あれさえあればきっと俺は元に戻れるはず」

「確証はないんでしょ？」

「ああ、でもやってみる価値はあるだろう」

俺とミケは荷台を降りて、男の入っていった廃墟へ向かった。

人間の頃だと怖くて絶対に入れない廃墟だが、不思議なもので猫の姿をしていると、一切の恐怖心が湧いてこない。もし霊がいたとしてもわざわざ猫は襲わないような気がする。ミケも同様に恐怖など微塵も感じていない様子だ。

玄関に入ると正面には1本の廊下と、左手に2階へと続く階段が見えた。階段は所々板が割れており、人間が上るのは不可能な様子だった。

俺とミケは階段には上らず、廊下を真っ直ぐに進んだ。廊下の突き当たりまで来ると、すぐ左手に大きく開かれた扉が見えた。俺は無言でミケに合図し、その先に進む。扉を抜けると、そこにはリビングが広がっていた。

リビングの中心には小さなちゃぶ台が置かれている。昔誰かが住んでいた痕跡がわずかに残されている。

奥には押し入れがあり、男はライトを照らし、何かを探すようにその中を覗き込んでいた。

「クソ、ここにはまだ来てねぇみたいだな」

男はイライラとした口調でそう呟いた。

「あいつ何してんだろう」

ミケは男の様子を見て不思議そうにしている。

「あれだ、きっとあれが俺を猫に変えた懐中電灯だ」

「うーん、よく見えないけど」

間違いない。男が持っているあれこそ、俺を猫に変えた元凶だ。あれを奪い取り、もう1度光を浴びればきっと元に戻れるはずだ。

俺はこのチャンスを逃すまいと、手に力を入れて爪を立てる。「おい何する気だ？」とミケは言う。俺は地面を蹴り、体の何倍もある高さまで飛び上がり、男の背中に掴みかかった。「うわ！　なんだ！」と男は声を上げて驚く。俺は男の背中を蹴り、今度は懐中電灯を持つ右腕に掴みかかった。

「ギャー！」と叫ぶ男は俺を振り払おうと、激しく腕を振る。景色が上下に揺れ、遠心力で振り落とされそうになる。俺は懐中電灯を奪おうと男の手に向かって必死に腕を伸ばす。しかし、そのせいで遠心力に耐え切れず、無力にも男の腕から振り飛ばされてしまった。宙を舞った俺はそのまま壁に激突し、地面に思い切り頭を打ちつけた。その瞬間キーンという甲高い音が脳に響き、視界が真っ白になる。記憶の奥の奥から誰かの声が聞こえてくる。

「すごい、本当に猫に変わってる」

「まずい！　元に戻せなくなる」

意識はすぐに戻り、目の前にスーツの汚れを払う男が現れた。

「うわ、なんだクソ、猫かよ！」

男の手に持っているものを見ると、それは懐中電灯ではなく、ただのスマートフォンだった。スマホのレンズの横にはライトが白く光っている。

「クソ！　これだから猫は嫌いなんだよ！」

ミケは毛を逆立て、男を威嚇した。

「なんだよ、お前もやろうってのか？　いいか俺はお前を蹴り飛ばすことだって出来るんだぞ！」

ミケは「シャー！」と声を上げさらに男を威嚇した。すると男は「ヒィ！」と情けない声を出し、転びそうになりながらリビングから飛び出していった。

「すまない、人違いだったみたいだ」

「クロ、あんたなかなか無茶するね」

ミケは感心した様子で俺に言った。

「ボス猫になれる素質はありそうかい？」

「それとこれとはまた別の話だね」

俺たちは用のなくなった廃墟を後にした。

3

「すごい、本当に猫に変わってる」

「まずい！　元に戻せなくなる」

壁に頭をぶつけた時にフラッシュバックしたこの会話を、俺は頭の中で反芻《はんすう》していた。それは、俺が猫に姿を変えられ、意識を失う直前に聞いた声だった。元に戻せなくなるということは、元の姿に戻る方法が存在しているということだ。まだ情報は少ないがわずかに希望の光が見えた。

「これは今どこに向かってるのさ」

ミケは訝《いぶか》しげな表情で俺を見る。

「とりあえず西に戻りたいから橋に向かってるよ」

「本当にこっちで合ってるの？」

「この辺りは何度か通ったことがあるから間違いないよ」

「ふーん」とミケはいまいち信じていない様子だ。

それからしばらく俺たちは無言で西の方角へと歩き続けた。

そのうち白い建物が建ち並ぶ団地に辿り着いた。

団地はどこにも外傷がないのにもかかわらず、どこか年季を感じさせるオーラを放っていた。実際俺が生まれる前から存在しているので、築年数はかなりのものだと思う。何度かペンキを塗り直したり改修工事を行なっているのかもしれないが、古くささというのはどうにも出来ないらしい。それは建物のデザインの問題なのか、周囲で生えっぱなしの雑草がそう見せているのかはわからない。

「これって誰か住んでるの？」と、ミケが口を開いた。

「どうなんだろう、一応住んではいるんじゃないか？」

窓を一つ一つ見てみると、カーテンの付いた部屋が何戸かある。まだギリギリ廃墟といったわけではなさそうだ。ただ、圧倒的に空室と思われる部屋の数が多い。窓にヒビが入っていたり、ダンボールで窓が覆われている部屋なども見え、どこか退廃的な空気が感じられる。少なくとも自分ならここに住もうとは思わない。

「それにしても誰もいないね」

ミケは退屈そうに言った。

「この辺りもだいぶ過疎ってるからね」

「猫1匹すら見当たらないよ」

思えば廃墟からここに来るまでの間、猫の姿は1匹も見ていない。猫にも過疎地域があるのかもしれないが、エサをくれる人が少ないと、自然と猫の数も少なくなるのかもしれない。

「ねぇなんかいるよ」

ミケは前方を見て言った。

ミケの見ている方を見ると、1匹のトラ模様の猫が団地の陰から覗き込むようにしてこちらを見ている。その猫は俺たちと目が合うと、すぐに体を引っ込め消えてしまった。

「誰もいないってわけじゃないみたいだね」ミケは目を細めて言った。

「薄々感じていたんだが、もしかしたら今の俺たちってよその縄張りに侵入してる部外者なんじゃないか？」

「まあそうなるよね」

「まあそうなるよねって……こんな堂々と歩いていて大丈夫なのか？」

「よその縄張りだからいつ襲われてもおかしくはないと思うよ」

ミケは顔色一つ変えずにそう言う。

「なんでそんなに余裕なんだ？」

「襲われたって逃げればいいだけさ。足の速さには自信があるんだ」

思ったよりも単純な理由だった。猫はみんなこんなスタンスなのか、それともミケだけが異常に肝が据わっているのか。今の俺にはこのメンタルが羨ましく思えた。

なんだか胸騒ぎがする俺は、少しだけ歩くスピードを速めた。

4

団地を抜けた俺たちは、1本の道路を渡り、アーケード商店街に辿り着いた。

この商店街は30年ほど前は栄えていたらしいが、現在ではほとんどの店が閉店し、シャッターを下ろしている。ちらほらと営業している店も見えるが、そもそも人通りが少ないためか、あまり繁盛しているようには見えない。

平日の昼間ということもあり、今日のシャッター街はより閑散としているように見える。

商店街は橋を渡ってすぐのところにあるので、俺たちはこのまま商店街を通り抜ければすぐに西側へと帰ることが出来る。

俺とミケは堂々と商店街の真ん中を歩き西口を目指した。

「こんなところがあるんだね」

ミケは物珍しそうに辺りを見回している。猫の歩幅だと歩いていてもあまり進んでいるような感じがしない。出口は見えるのだが、永遠に辿り着かないような錯覚に陥る。

キョロキョロと興味津々なミケとは対照的に、俺は真っ直ぐに出口だけを見つめていた。早く西側に戻らなければ危険だ。すると、一直線の誰もいない通りの奥に、突然横から小さなシルエットが歩いて現れた。それは通りの真ん中で立ち止まると、こちらを向いて静止した。

俺たちが近づくに連れ、その輪郭や色が鮮明になる。通りで立ち止まるそれは、１匹の白猫だった。

「おいミケ、誰かいるぞ」

何やら不穏な気配を感じた俺は立ち止まってミケに合図した。「ん？」とミケも前を向く。

「あれはなんだ？」

「なんだって猫じゃないの？」

「多分俺たちを待ってるよな」

「普通に立ってるだけじゃないの？」

ミケは特に不審に思っている様子はない。猫の気持ちはわからないが、あんな通りの真ん中で堂々と立ち止まっているのは、おそらく俺たちを待ち構えているからだろう。俺にはそうとしか思えない。

「やっぱり変じゃないか？　ずっとこっちを見ているし、俺たちを待ってるような感じだぞ？」

「待つって、なんでわざわざ僕たちを待つのさ」

「それはわからないけど、なんだか変じゃないか？」

「気にしすぎだよクロは。早く先に進もう」

ミケはそう言うと、再び歩みを進めた。俺は不安を抱えながらミケの後ろについていく。

白猫との距離が少しずつ縮まっていく。ミケは変わらず店や細い路地などを眺めながら呑気《のんき》に歩いている。あまりにも気にしなさすぎではないだろうか。白猫は徐々に近づいてくる俺たちに対して何かアクションをとるわけでもなく、ただひたすらにジッと立ち止まったままだ。それはもう剥製と見間違えるほどに。

いよいよ白猫が目前まで近づく。俺は目のやり場に困ったが、流石にこの距離で白猫と目を合わせる度胸はなかった。思わず立ち止まってしまいそうになるが、ミケはなんの気もなしに右に軌道をずらし、白猫の真横を通り過ぎる。俺もその流れに沿うように真横を進む。不意打ちを警戒し、全身を強張らせてはみたが、白猫は襲ってこない。そうしているうちに、視界の端から白猫は消え、何事もなく通り過ぎることが出来てしまった。

やはりミケの言う通り気にしすぎだったか。そう安堵したのも束の間、

「覚えていないか？」と、突然背後から声がした。

俺もミケも立ち止まる。

やはり何もないわけがなかったか。

「覚えていないかと訊いているんだ」

白猫は黒板を爪で引っ掻いたような高い声でゆっくりと言う。

「どこかで会ったかね」と俺は振り返った。

「お前じゃないよ、そこの三毛猫に訊いているんだ」

「え、僕？」と目を丸くしたミケは、そのまま臆することなく白猫に近づき、まじまじと顔を見つめた。

「あれ　誰だっけなぁ？」

ミケは覚えていないようだった。

「ふん、ムカつく奴め」

白猫は鼻で笑う。

「おい、本当に覚えてないのか？」と俺は小声でミケに訊く。

「白猫なんていっぱいいるから覚えてないよ。第一僕はそんなに記憶力が良い方じゃないんだ」

「なんだよそれ」と俺は思わず呆れる。

「そうか、覚えてないと言うのか」

白猫は少し黙った後再び口を開く。

「この尻尾を見ても思い出せないか？」

そう言うと白猫はその場で振り返り、欠けて短くなった尻尾を俺たちに見せつけた。

「あ……」とミケは何かを思い出したようだ。

「どうやら思い出したようだな」

「いやー、それはお互い様じゃないのさ」

「おいミケよ、こいつと一体何があったんだ？」

「いやいや、前にこいつが僕の寝床でスヤスヤ寝てたから追い払っただけだよ」

「僕の寝床だと？　あそこは前から私がホームにしていた場所だぞ！　そこにお前がノコ

ノコとやってきて」

「おいミケどっちなんだ？」

「覚えてないよ、僕は記憶力が良くないってさっき言っただろ？」

俺はこの件に関して、なんとなくミケに原因があるような気がしていた。この白猫はおそらく、昔ミケに寝床を追い出されたことを深く根に持っているのだろう。

「まあいい、私はお前にやられたこの尻尾のお返しが出来るのをずっと心待ちにしていた。まさかお前の方からノコノコとやってきてくれるとはな」

「僕だって君にやられた耳の恨みはあるんだぞ」

ミケは自身の欠けた右耳を前足でさすった。この右耳はその時の喧嘩でやられたものだったのか。お互いそれなりに重傷は負ったらしい。

それにしても気になることがある。

「おい白猫、なんで俺たちがここにいるってわかったんだ？」

「いい質問だ。町の東側は私の情報網が行き届いている。いつどこによそ者が現れてもすぐに伝わるようにな」

白猫がそう言うと店と店の隙間から１匹の猫が現れた。先程団地で見たトラ模様の猫だ。

そうか、こいつが俺たちの動向を監視していたのか。

それに続くように、商店街のあらゆる隙間から首輪のない猫たちが次から次へと現れた。

そいつらは皆、獲物を狙う嬉々とした目で俺とミケを見つめている。

「なあミケよ、もしかして東を仕切ってる白猫ってコイツのことなんじゃないのか？」

「まぁそうなるよね、まさか1回会ってたとはビックリだよ」

次々と現れる猫たちは俺たちを包囲し、一瞬でその場から逃げ道を消し去った。

「これってかなりヤバいのでは？」

「これはかなりヤバいってやつだね」

流石のミケも焦っているようだ。

「ずっとこの時を待っていたよ、まさか今日がその日になるとは思わなかったがね」

「おい、こんな大勢を使うなんて卑怯だぞ！」

ミケは啖呵《たんか》を切る。

「わざわざ私たちの縄張りに来るお前が悪い。あくまで私は人の縄張りに入ってきた不届き者を潰すだけだ」

「ひぃ、性格が悪いね」

白猫はニヤリと笑い、「やれ」と取り巻きに合図した。

その瞬間、猫たちが一斉に爪を立ててこちらに飛びかかってきた。

俺は反射的に地面を蹴り、それを回避する。しかし、避けた先からまた次の爪が飛びかかってきたので、俺はその場で高くジャンプし、古い立て看板の上に飛び移った。頭で考えるより先に体が動いていた。これが猫の体なのか。ミケを見ると、同じように反対側の看板の上に立っていた。

「西口に走れ！」

俺はミケにそう叫ぶと、看板から大きくジャンプし、無数の猫の上を飛び越え、地面に着地した。

俺はそのまま前方に回転し、待ち構えていた次の爪を回避する。そしてようやく生まれた退路を見据え、西口に向かって全力で走った。

ミケも見たことない俊敏さで爪を避け、軽やかな足取りで俺の後についてくる。古びた商店街を、おびただしい数の猫が走っている。

後ろを振り向くと、獣たちが殺意を剥き出しで俺たちの後を追っている。俺はこぼれそうになる悲鳴を必死で抑え、地面を蹴りひたすら前に進む。出口まであと少しだ。

こんなに走ったのは学生の時ぶりだろうか。でも命懸けで走ったのは人生でこれが初めてだ。真後ろには追いかける猫たちの荒い呼吸が聞こえる。あと数メートル。

俺たちはなんとか商店街を抜け、歩道に飛び出した。

これ以上は追ってこないはずだ。しかし、そんなに甘くはなかった。

猫たちは決壊したダムのように商店街から飛び出し、変わらず俺たち目掛けて走り出す。

「左に曲がれ！」

俺はミケに声をかける。ミケは返事こそしなかったが、聞こえてはいるようだ。

俺はふと右を見る。反対車線に移れば何匹かは撒けるかもしれない。

「合図したら道路を渡れ！」

俺はミケに声をかける。

「え！」とミケは困惑した様子だ。

１台の車が通過すると、「今だ！」と俺はミケに合図した。

俺たちは同時に道路を渡り、川の見える反対側の歩道へと飛び移った。

迫る猫たちも同じように道路を渡ろうとするが、再び車が通過し、ぞろぞろと追ってきていた猫の流れがバッサリと２つに分断された。

これでいくらか撒くことは出来た。が、渡りきった何匹もの追手は変わらず俺たちを追っている。

「橋が見えてきたよ！」

ミケは俺にそう叫ぶ。

このまま右に曲がり、橋を渡りきることが出来ればホームである西側に戻ることが出来る。流石にそれ以上は追ってこないだろう。

しかし前方から1匹の猫が現れた。トラ模様の猫だ。

「逃すかあぁぁあ！」

トラ猫はミケに向かって勢いよく飛びかかった。互いの速度がぶつかり2匹は空中で弾ける。地面に落下したミケに次々と猫たちが襲いかかる。

俺はすぐに足を止め、ミケの元に向かう。手下たちが俺のことを襲ってくる気配はない。あくまでメインターゲットはミケのようだ。

多くの猫に飛びかかられたミケは、団子状になって姿が見えない。俺は地面を蹴って速度を上げ、全身で猫の集団に体を打ちつけた。

猫たちの何匹かは弾け飛び、中で揉みくちゃにされるミケの姿が見えた。

俺はミケの首元を噛んで引き摺り出し、再び橋に向かって走り出す。

「走れる！　自分で走れるから！」

ミケが必死にそう言うので、俺は咥えていたミケを離した。

「大丈夫か？」

「あぁ助かったよ、あいつら束になりすぎて、ずっと仲間の三毛猫に噛みついてたんだ」

「それはよかった。もう橋だ」

俺たちは全速力で橋を渡る。後ろを見てももう追ってくる猫はいない。やっと撒くことが出来たみたいだ。されどいつ追いつかれるかわからない。俺たちはスピードを緩めることなく走り続けた。平日なのにもかかわらず橋は多くの車が行き交っている。

「やっと西側だよ」

ミケが橋を渡りきったタイミングでぜぇぜぇとしながら言った。ようやく安全圏に着いたようだ。まさかこんなに走ることになるとは。

しばらく警戒して橋の向こうを眺めていたが、追手の猫が西側に来ることはなかった。

「流石に僕はもう休むよ」

ミケはヘトヘトになりながらそう言った。まだ1人でいるのが不安だった俺はミケの後についていくことにした。

「やっぱり恨みっていうのは買うもんじゃないね」

「お前が人の寝床を奪うから悪いんだぞ」

「あの頃はちょっと尖ってただけさ」

そう話しているうちに俺たちは銭湯の前に辿り着いた。しかし、俺たちに再び緊張が走る。ミケの寝床にはあの白猫が立っていたのだ。

「懐かしい景色だ。懐かしい匂いもする」

「君もしつこいね」

ミケは呆れた様子だ。

「本来なら私はここで優雅に暮らしていたはずだ」

「負ける君が悪いよ」

「そうだ、その通りだ。じゃあどうすればいいのか」

ミケも俺も白猫の次の言葉を待つ。

「また奪い返せばいい」

その瞬間、白猫は地面を蹴り、鋭い爪を立ててこちらに襲いかかる。トラ猫と比べ物にならない速さだ。俺とミケは左右に分かれ、瞬時にそれをかわす。次の攻撃を警戒する間もなく白猫の次の爪が俺の眼前に迫る。流石に速すぎる。避けられない。そう思った刹那、白猫は後ろにバックステップし、真横から襲いくるミケの爪を回避した。

ミケは着地した白猫に対し、間髪入れずに爪を振りかざす。白猫は予想していたかのようにそれを飛び跳ねてかわし、その落下の勢いのまま今度は俺目掛けて爪を振り下ろす。

俺は地面を蹴って背後に飛び、顔を掠《かす》るギリギリのところで爪をかわした。今のは危なかった。

「僕以外を狙うとは卑劣だねぇ」

「こういうのは邪魔者から排除しないと」

そう言うと白猫は再び俺目掛けて襲いかかった。俺は近くの塀に飛び移り、そのまま塀の上を走って銭湯の屋根の上に飛び移った。白猫もミケもその後を追ってくる。

瓦屋根を走る俺を、白猫は執拗《しつよう》に追いかけ、次々と爪を振りかざす。俺はかわすだけで精一杯で反撃する余裕など一切ない。

屋根上という足場の悪い環境が余計に体のバランスを崩し、俺はついに転倒し、その場で転がってしまう。幸いにも屋根から落ちるギリギリのところで爪が引っかかり、俺はぶら下がった状態で命拾いした。下を見ると、無傷では済まされない距離に地面が見える。

白猫はそんな俺の前にニヤリとした顔で現れると、ぶら下がる手を突き刺そうと勢いよく爪を振り下ろす。その刹那、ミケが白猫目掛けて思い切り体をぶつけ、その場から勢いよく弾き飛ばした。

飛ばされた白猫は体勢を崩し、屋根を大きく転がり落ちたがすぐに体勢を整えて立ち上がる。

「なんだい、邪魔ばかりするね」

「僕は君の邪魔をするのが好きみたいだ」

２匹は同時に飛びかかり取っ組み合いの喧嘩になった。ガチャガチャと体と屋根がぶつかる音を立てながら、２匹は屋根の上を転がり落ちる。速すぎて何が起こっているのか全くわからない。

俺はミケに加勢しようと、ぶら下がっていた状態から屋根の上によじ登る。

取っ組み合い方向に目を向けると、丁度ミケが白猫に投げ飛ばされる瞬間だった。屋根に打ちつけられたミケはもう起き上がるのもやっとの状態だった。

白猫はそんなミケにトドメを刺そうと爪を振りかざす。俺はすかさず屋根を蹴り、白猫の体に思い切り体をぶつける。白猫は俺を警戒していなかったのか、それをモロに喰らい、受け身も取れずにその場から弾け飛んだ。

屋根から飛ばされた白猫は地面に落ちるのかと思いきや、ボン！と道路に止まるトラックの荷台に落下した。俺とミケは屋根からそれを見下ろす。

荷台にはブルーシートが積まれており、白猫は無傷のようだ。

「はは！　運が私に味方したぞ！」

白猫は両手を広げて大きく笑った。その瞬間トラックのエンジンが鳴り出した。聞いたことのある汚いエンジン音だ。

運転席を見ると、アフロ頭の男がハンドルを握り、そのままトラックを発進させた。白猫は何が起きているのか理解出来ていない様子だ。

トラックは荷台など気にする様子もなくそのまま加速し、白猫を乗せたままどこか遠くへと走り去ってしまった。

俺とミケは無言のままその様子を眺めるしかなかった。

「クロ、あいつどこに行くと思う？」

「さぁ」

5

それからどれだけの時間が経っただろうか。

俺は結局人間に戻る方法を見つけられないまま、しばらく猫として過ごしていた。コインランドリーに拠点を置き、たまに銭湯前のミケと会話をする。仕事に追われることもなければ、ギスギスした人間関係に悩まされる心配もない。案外この暮らしも悪くないかもしれない。俺はそう思い始めていた。

そんな時に転機が訪れた。いつも通りコインランドリーの前で居眠りをしていた俺に誰かが話しかけてきた。

「よお、ようやく見つけたぜ」

目を開けると、黒スーツを着たアフロ頭の男がそこにいた。そうだ、トラックを運転していたあの男だ。

「まさか黒猫っていうのがお前のことだったとは思わなかったぜ。探すのに苦労したぜ」

男はそう言うとポケットからライトを取り出した。「こいつを探すのにもだいぶ苦労したんだぜ」とライトの側面を手のひらで叩く。猫に向かって何を言ってるんだろうと俺は不思議に思った。

「まあ逃げる前にやっちまうか」と男は立ち上がる。そして改まった様子でライトの電源を入れると、男は先端を傾け、俺に向けてその光を当てた。眩しくて視界が真っ白になる。

「さぁ戻ってこい」

真っ白だった光の色が瞬時に黄色く変わる。全身が温かい感覚に包まれる。まぶたの奥に見えていた光は次第に薄まっていき、やがて外の光だけが感じられるようになった。俺はゆっくりと目を開いた。するとそこにはもう男の姿はなかった。ただ、それよりも自分の視界が高いことに違和感を覚えた。ゆっくりと下を見ると、スーツを纏った長い足が見える。それは人間の足だった。戻った。戻ったのか？　すかさず俺は自分の手を確認する。そこにはもう肉球はなく、５本の長い指が生えている。間違いない。戻った。戻ったんだ。

ようやく俺は人間の姿に戻ったんだ。

一刻も早くこの事実をミケに知らせようと、俺は銭湯を目指して走った。地面を蹴る歩幅が猫よりもはるかに広い。1歩進むだけで大きく前進することに感動を覚える。俺は人間だった頃常にこのスピードで暮らしていたのか。

俺はあっという間に銭湯まで辿り着いてしまった。

銭湯の入り口を見るといつものようにミケが気持ち良さそうに寝ている。俺はミケに近づき声をかける。

「おいミケ！　人間に戻れたぞ！」

ミケは目を覚ますと、俺の存在に気づき、毛を逆立ててシャー！と威嚇した。

「おいビックリするな。俺だよ、クロ！　一緒に東側に行った」

俺は自分の顔を指さして言ったが、ミケは変わらず威嚇したままの状態でいる。言葉が通じていないのだろうか。俺にもミケの声が聞こえない。きっとわかってくれるはずだと、俺はゆっくりと手を差し出し、ミケに触れようとする。するとミケは俺の手を爪で引っ掻き、目にも止まらぬスピードでその場から走り去ってしまった。

走るミケの後ろ姿を俺は呆然と見つめるしかなかった。あれだけ友達だと思っていたのに、人間の自分に対するミケの反応はただの警戒心の強い野良猫だった。

そうか、もう俺たちは違う世界の生き物なのか。

手につけられた傷がヒリヒリと痛んだ。

「猫の話なんてきたらいよいよ現実味がなくなってくるな」と金崎は肩を落とす。

「もしかしたらこれも実話なのかもしれませんよ」と若松はぶっきらぼうに言う。

「念のため訊いておくけど、人が猫に変えられた事件なんて発生してねぇだろうな」

「まさか、あるわけないですよ。そういうのはもしあったとしても、霊媒師とかそのへんの仕事ですよ」

若松は呆れた様子で言った。

「そうなるといよいよこの本がなんなのかわからなくなってくるな」

「てっきりこの町で起きた現実の出来事を描いているものかと思ってましたけど」

「まぁ途中でこういう味変みたいな話も書きたくなったんじゃねぇのか？　別に全国で販売するような大げさな本でもあるまいし、そこは自由なんだろ」

「まあそうですけど」と若松はどこか腑に落ちない様子だ。こういった異質なものには何か原理というか核のような成分を見つけたくなるものだ。それがこれまでは「実際にこの町で起きた事件を元にしている」というところにあったのだが、猫の話が出てくるとそうもいかない。猫というのがそもそも何かしらのメタファーの可能性もあるが、元がなんなのか知りようもない。まさか本当に猫にされた人が存在しているのか。いや、流石にそんなこと現実に起こるはずがない。

　本の表紙には「計画書」とだけ書かれているが、今のところそのタイトルの意味が回収されるような回は登場していない。いや、そもそもこの「計画書」というのは本当にタイトルなのだろうか。ただ表紙にそう書いてあるだけで、著者の計画が書かれた本当の計画書の可能性もある。いや、まさか流石にそれはないはずだ。町で起こっている事件はそれぞれが独立しているし、ましてや人が猫になる事件など起こっていない。あくまでここはフィクションとして楽しむべきなのだろう。若松はそう思い直し、深読みする自分の思考にストップをかけた。金崎は既に次のページをめくっているようだった。

第6話 迷宮ラジオ

「お聴きいただいたのは、ザ・ジャムでタウン・コールド・マリスでした。さて14時になりました。ここからは私倉本《くらもと》と」

「アシスタントの緑川《みどりかわ》の2人でお送りするFMくらみどり」

「早速メールが来てます。緑ちゃんよろしく」

「はい。ラジオネームみっちゃんさんからのメールです。倉本さん緑ちゃんこんにちは。いつも楽しく番組を聴かせてもらっています。前回緑ちゃんが番組内でさらっと紹介していた本を読みましたがとても面白かったです。登場する町が地元に似ていたこともあり、つい感情移入して読んでしまいました。ただ、久しぶりの読書だったこともあり、目が疲れてしまい、次の行を読むはずがまた同じ行を読んでしまうなんてことが多々ありました。私は方向音痴ということもあり、なんだか文章でも道に迷ってしまったみたいで笑ってしまいました。お2人は読書中にそういった経験はありますか？　これからもお体にお気をつけて頑張ってください」

「はいありがとうございます。緑ちゃん、読んでくれたんだって」

「いやー、自分が紹介したものを読んでもらえるのって嬉しいですね」

「緑ちゃんって結構本読む方でしょ？」

「そうですね、割と読む方だとは思います」

「そういう人でも、あれ？　この行さっきも読んでる……なんてことあるの？」

「うーん私はあまりないですね。基本的に指で追いながら読んでいるので」

「あー、それだと迷わないね。俺なんかそれ以前に、読んでいる最中に別のことばっかり考えちゃって、文字は追えているけど内容が全く頭に入ってこないんだよ」

「あー、そういうことなら私もたまにあります」

「だよね？　これって俺だけじゃないよね？　ちょっと安心するわ～」

「その時の集中力の問題な気はしますけど、これはあるあるかもしれませんね」

「じゃあ次回は読書あるあるなんか募集しちゃう？」

「そういうラジオではないのでそれはやめておきましょう」

「ブハハハハ。ということで今週もくらみどりが始まりましたが、緑ちゃん、この1週間で何かあったかな？」

「そうですね、私は毎朝ウォーキングをするようになりました」

「ウォーキング!?　それまた何かキッカケとかがあったの？」

「あー、確かに車乗るようになってから圧倒的に運動量が減ったなと思いまして」

「学生の頃は自転車通学をしていたので、かなり運動している方ではあったんですよ。でもそれがなくなってからやっぱりちょっと太ってきちゃって」

「じゃあ通勤も自転車に変えたらいいんじゃない？」

「でもそれをやっちゃうと車を持ってる意味がなくなっちゃうじゃないですかー」

「確かに難しいところだね。お散歩コースみたいなのはあるの？」

「公園周りをよく歩いています。おかげで同じく散歩をしている知り合いも出来て」

「おおそれはすごい。どんな方？」

「なんかすごいフレンドリーな男の子で、今これ着けてるんですけど、ネックレスなんかもくれちゃって」

「えー、それ大丈夫なの？」

「普通に良い子そうなので大丈夫ですよ」

「なんだか緑ちゃんらしいね」

「それ母にも言われました」

「ブハハハハ。それじゃあコーナーの方にいきましょうか。緑ちゃんよろしく」

「今週のオススメスポット！　はい、こちらのコーナーは地元リスナーの皆さんのイチオシスポットを紹介するコーナーです。早速読んでいきましょう。ラジオネームもんちゃんさん。私のオススメは駅前にあるパン屋マーガレットです。マーガレットといえばチョコチップメロンパンが有名ですが、私はここであえて塩パンをオススメします。マーガレットの塩パンの美味しさは別格です。きっと皆さんはまだこの美味しさに気づいていません。私しかこの塩パンの存在を知らないんだぞという優越感も含めて美味しさが増している気もしますが、皆さんともこの味を共有したいのでここで教えちゃいます。塩パン、是非食べてみてください。とのことです」

「へー、マーガレットはよく行くけど塩パンは食べたことなかったな～」

「私もないですね。いつもチョコチップメロンパンだけ買ってます」

「俺もそうだなぁ。今度ブースに持ってきてみんなで食べてみようよ」

「いいですね～。それでは次のメールに参ります。ラジオネームパイナポーガールさんからのメールです。私のオススメスポットは駅前にあるパン屋マーガレットです。マーガレットは皆さんご存知かと思いますが、私はマーガレットで不人気ながらも隠れた美味しさを放つ塩パンをオススメします。マーガレットに塩パンなんてないだろと思われる方もいるかと思いますが、チョコチップメロンパンの人気に隠れて実は存在しているんです。場所はサンドウィッチスペースのすぐ横の上段にあります。誰もこの塩パンの存在を認識していないと思うので、売り切れることはないと思います。是非1度食べてみてください」

「またマーガレットの塩パンだ。同じ人じゃないよね？」

「さっきのがもんちゃんさんで今のがパイナポーガールさんなので別人ですね」

「あ、本当だ、アドレスも違う。すごいね、マーガレットの塩パンかなり美味しいんだろうね」

「そうですね、同時に2人からメールが来るなんてますます気になってきますね。次にいっても大丈夫ですか？」

「どうぞ！」

「えー、続きまして、ラジオネームリモコン帝王さん。私のオススメスポットは駅前パン屋のマーガレットです。いやいやマーガレットなんて誰でも知ってるでしょうと思った方もいるでしょう。いやいや、違うんです。私はマーガレットの知られざる激ウマ商品をオススメします。私がオススメするパンはずばり塩パンです。そんな商品知らないという方が大半でしょう。私もかつてはそのうちの1人でした。しかしある時、サンドウィッチゾーンの横をふと見てその存在に気づきました。マーガレットの塩パンはパン本来の味を存分に楽しめる一品です。これは実際に食べてもらわないとわからないと思うので、皆さん是非食べてみてください」

「え、またマーガレットの塩パンだ。どうなってるの？」

「いやぁこれもまた違うアドレスからなので多分別人だと思いますね」

「3人連続で同じ内容ってことあるんだ」

「私も正直ビックリしています。マーガレットの塩パンって相当美味しいんでしょうね」

「なんか皆さん、知られざる商品みたいな感じで書いてますけど、実はポピュラーなものなんじゃないですかね」

「ウフフ、私もそんな気がしてきました」

「こら緑ちゃん、笑いながら言うんじゃないよ」

「すみません。でもなんか可笑しくて」

「もー悪いんだから。じゃあ普通のお便りの方もよろしく」

「はい。ラジオネームヨイショヨイショさん。倉本さん緑さんこんにちは。いつも楽しくラジオ聴かせてもらっています。お悩み相談みたいになってしまうのですが、お2人に聞いて欲しいことがあります。私は自営業でお店をやっているのですが、最近店の前を怪しい男性がウロウロしています。普通の人なら軽く注意して済むのですが、その人はなかなかに体格の良い厳つい男性でして、小心者の私には注意する勇気が出ません。心なしかその男性を怖がってお客の数も減っているような気がしています。何か注意以外でその男性を追い払う方法はないでしょうか」

「ほー、これまた厄介そうなお悩みだ」

「私なら普通に警察に通報しちゃいますね」

「うーん、でも多分この人もそんな大ごとにはしたくはないんだろうね」

「まぁ特に何かされたってわけでもないでしょうし」

「えーこの方、電話番号を書いておられるので早速電話をしてみましょう。もしもし」

「はいもしもし」

「えー倉本ですけれども、ヨイショヨイショさんですか？」

「はいそうです」

「なんだか面倒なことになっているそうで」

「そうなんですよ、早く追い払いたくて」

「このウロウロされている方というのは全然知らない方なんですか？」

「そうですね、全然知らない人です。あ、ちなみに今も店の前にいます」

「今もいるんですか⁉」

「いますね。うわ、目が合った」

「えー、これは相当ですね。なんとか解決してあげたいです。緑ちゃん何か良いアイデアはない？」

「そうですね、張り紙なんか貼るのはどうですか？　ウロウロ禁止と書いた」

「うーん、張り紙とか見てはくれなさそうなんですよねぇ。倉本さんはどう思いますか？」

「僕はやっぱり防犯カメラを置くのがいいと思いますよ。あれがあるだけでだいぶ圧にもなりますからね」

「あー、それはうちでも出来そうなのでいいかもしれませんね」

「そうだなぁ、あとはスピーカー置いて繰り返し同じ音楽を流すとかはどうですかね？　何回も同じ音楽を聴かされると流石に嫌気がさしてどこか行くんじゃないですか？」

「それも実現可能そうなのでアリですね。ただ近所迷惑になりそうではありますけれども」

「とりあえず今出た案をヨイショヨイショさんに試してもらって様子を見るのもアリでしょうか」

「まあそこはほどほどの音量で」

「ちょっと気になる案件なのでまた状況が変わりましたらメールを送ってください」

「はい、必ず送ります。ありがとうございました」

「ということでヨイショヨイショさんでした。倉本さん、なかなか難しい案件でしたね」

「うん、うまいこと解決してくれるといいね。それじゃあ緑ちゃん、この1週間で何かあったかな？」

「そうですね、私はこの1週間でウォーキングをするようになりました」

「ウォーキング!?　これまたなんで急に？」

「なんか車に乗るようになってから、全然運動しなくなったなぁと思いまして」

「あー、確かに車持っちゃうと全然歩かなくなるよね」

「そうなんですよ。昔は自転車に乗ってたので運動不足とかはなかったんですけど」

「じゃあ通勤も自転車に変えたらいいんじゃない？」

「それをしたら車を持ってる意味がなくなっちゃうじゃないですかー」

「確かにそうだね。決まった散歩コースとかはあるの？」

「公園周りをよく歩いてますね。おかげで同じようにウォーキングしている友達も出来ちゃいました」

「へーそれはすごい。どんな方なの？」

「いつも白いパーカーを着ている男の子で、まだ学生さんぐらいの年齢なのかな」

「えー、緑ちゃんもしかしたらモテてるんじゃないの？」

「かもしれませんね！　このネックレスもその子がプレゼントしてくれて」

「へーなんというかマセた男の子だねぇ。それを受け取っちゃうのもなんだか緑ちゃんらしいけど」

「それ母にも言われました」

「ブハハハ。それじゃあ早速お便りの方を読んでいきましょうか。緑ちゃんよろしく！」

「はい。ラジオネームヨイショヨイショさん。倉本さん緑さんこんにちは。いつも楽しくラジオ聴かせてもらっています。お悩み相談みたいになってしまうのですが、お2人に聞いて欲しいことがあります。私は自営業でお店をやっているのですが、最近店の前を怪しい男性がウロウロしています。普通の人なら軽く注意して済むのですが、その人はなかなかに体格の良い厳つい男性でして、小心者の私には注意する勇気が出ません。心なしかその男性を怖がってお客の数も減っているような気がしています。何か注意以外でその男性を追い払う方法はないでしょうか」

「なるほどね～。これまた厄介そうなお悩みだ」

「私なら普通に警察に通報しちゃいますね」

「うーん、多分ヨイショヨイショさんもそこまで大ごとにはしたくはないんだろうね」

「まぁ特に何かされたってわけでもないでしょうし」

「えーこの方、電話番号を書いておられるので早速電話を掛けてみましょう」

「……」

「あれ、出ないね」

「一応事前にアポは取っていたんですけど、急用でも出来たんでしょうか」

「どうしたのかな。まぁ出られないのなら仕方ないですけど。こういったハプニングも生放送の醍醐味ですし次にいきますか。それじゃあ緑ちゃん、この1週間何かあったかな？」

「私ですか？　そうですね、私は毎朝ウォーキングをするようになりました」

「ウォーキング!?　どうして急に？」

「ウォーキングをしていると毎回同じ男の子に会えるんですよ」

「同じ男の子？」

「私が毎朝歩いている公園に、いつも白いパーカーを着た学生くらいの男の子が現れるんです」

「朝の公園にもそんな若い子がいるんだ」

「その子はとても親切で優しくて、私にこのネックレスもくれたんですよ」

「なんか緑ちゃんモテモテだな～」

「全然そんなことないですよ」

「またまた～。それじゃあ早速メールの方をよろしく」

「はい。ラジオネームヨイショヨイショさん。倉本さん緑さんこんにちは。いつも楽しくラジオ聴かせてもらっています。お悩み相談みたいになってしまうのですが、お２人に聞いて欲しいことがあります」

「ちょっと待って緑ちゃん。相談メールの前にコーナーをやらなきゃ」

「あ、そうでしたね。失礼しました。今週のオススメスポット！　はい、このコーナーは地元のリスナーの皆さんイチオシのスポットを紹介するコーナーです。早速読んでいきます。ラジオネームもんちゃんさん。私のオススメは駅前にあるパン屋マーガレットです。マーガレットといえばチョコチップメロンパンが有名ですが、私はここであえて塩パンをオススメします。マーガレットの塩パンの美味しさは別格です。きっと皆さんはまだこの美味しさに気づいていません。私しかこの塩パンの存在を知らないんだぞという優越感も含めて美味しさが増している気もしますが、皆さんともこの味を共有したいのでここで教えちゃいます。塩パン、是非食べてみてください。とのことです」

「なるほど～。マーガレットはよく行くけど塩パンは食べたことなかったな」

「私もないですね。いつもチョコチップメロンパンだけ買ってます」

「でも塩パンが美味しいっていうのはよく聞くよね」

「そうですか？　私は全然聞いたことなかったです」

「あれ、ちょっと緑ちゃん次のメールも見せて」

「はい、どうかしましたか？」

「あれ…ここはさっきやったから。えーと。うん、よし次のコーナーにいこうか」

「あれ？　まだ全部読み終わってないですけどいいんですか？」

「うん、もう次のお便りのコーナーいっちゃおう」

「……はい、わかりました。ラジオネームヨイショヨイショさん。倉本さん緑さんこんにちは。いつも楽しくラジオ聴かせてもらっています。お悩み相談みたいになってしまうのですが、お2人に聞いて欲しいことがあります。私は自営業でお店をやっているのですが、最近店の前を怪しい男性がウロウロしています。普通の人なら軽く注意して済むのですが、その人はなかなかに体格の良い厳つい男性でして、小心者の私には注意する勇気が出ません。心なしかその男性を怖がってお客の数も減っているような気がしています。何か注意以外でその男性を追い払う方法はないでしょうか」

「なるほどね〜。これまた面倒くさそうなお悩みだ」

「私なら普通に警察に通報しちゃいますね」

「緑ちゃんはそういうところ冷酷だからね」

「普通の人は通報すると思いますけど」

「えーこちらの方、電話番号を書いておられるので早速電話を掛けてみましょう。もしもし？」

「本当にいい加減にしてください何回も何回も」

「あれ、ヨイショヨイショさんですか？」

「そうですけど、何回掛けてくるんですか。お店の電話なんですよ。ちょっと迷惑なので勘弁してください」

「どうしたんですか？　あれ、もしもーし！　ヨイショヨイショさん？」

「切られちゃいましたね」

「どうしたんだろう。すごく変な感じだったけど」

「やはりウロウロされすぎて相当参ってるんじゃないですかね」

「うーん、そうかもしれないね。これはちょっと心配だ。解決してあげたいけど、また電話を掛けても同じ対応されそうだし」

「今はそっとしておいた方がいいのかもしれませんね」

「そうだね、うん。それじゃあ緑ちゃん、この1週間何があったかな？」

「なんだこれ、印刷ミスかと思ったじゃねぇか」

金崎が再度ページを見返す。

「実はこれも実際に起こった事件なんです」

「はぁ？」と金崎は目を丸くする。

「少し前にこの町のローカル放送でパーソナリティ2人が何時間もずっと同じ話を続けるという放送事故があったんです」

「何時間も？」

「確か4時間以上だった気がします」

金崎は空いた口が塞がらない。

「原因はなんなんだ？　悪ふざけか？」

「これもまた妙な話で、本人たちは自分たちが同じ話をしている自覚がなかったそうなんです。周りのスタッフも同様に」

それを聞いた金崎は顔をしかめる。

「病気的なやつかと思ったが、周りも全員となるとまた話は変わってくるな」

「そうなんですよ。幸いにも異変に気づいたリスナーがブースに飛び込んで事態が収集したらしいですけど原因は未だに不明で」

「本当に妙な事件ばかり起こるな」

金崎の表情はどこか嬉しそうだ。

「なんというか後味の悪い話ばかり続きますね。著者の趣味なんでしょうか」

「まぁバッドエンド好きというのは一定数いるからいいんじゃねぇの」

そうは言いつつも、金崎は度重なるバッドエンドに少々食傷気味でもあった。そろそろ口直しに報われるような話が欲しいところではあった。

「そもそも現実で起きた出来事をこうやって茶化すこと自体僕はよくないと思いますけどね。この放送事故レベルならまだセーフなのかもしれませんけど」

「まぁ俺が実際にリアルタイムでこの放送を聴いてたとしたら相当ワクワクしてたと思うな。これからどうなっちまうんだって」

金崎は少年のように目を輝かせて言う。

「そんな、中学生じゃないんですから。大人だったら普通、心配の感情の方が上回りますよ」

「まぁ自慢じゃないが、俺は少年の心を忘れていないからな。この本もだいぶ楽しんで読めてるぞ」

「でも今、話していて思いましたけど、この本ってなんというか中学生レベルの妄想が多いですよね。サウナが一方通行だとか、猫になっちゃったとか」

「食い逃げもな。実際には出来ないけど、やったら面白そうみたいな内容が多いのかもな」

「そういうのを文章で発散しているんでしょうかね。学校にテロリストが攻め込んでくる話とかが出てきたらいよいよですけど」

「まさか実際に学校でテロ事件が起きてたりとかはないよな？」

「まさか」

第7話　盗み聞きブリッジ

1

私がいつからこの世に存在していたのだろうと考えた時に、思い浮かぶ最古の記憶はぼんやりとしていてちっともわからない。でも間違いなく言えるのは生まれた瞬間の記憶はすっぽり抜け落ちているってこと。だってそんなインパクトのある瞬間を思い出せないってことはそもそも記憶すらしていないってことなんだからそう考えるのが自然よね。

意識なんてモノがいつ出来上がったのかなんてわかるはずがないわ。いつの間にかあった。ただそれだけよ。きっと急に自我が芽生えたってこともなくて、日が昇るみたいに少しずつじんわりと出来上がっていったものだと思うの。

私という意識はいつの間にかこの世に誕生していて、今こうしてはっきりとここに存在している。それだけがわかっていれば十分じゃない？

そう私はいつの間にか橋だったの。鉄とコンクリートで出来た人工物。この町の東側と西側を繋ぐ唯一の橋。歩いて8分ほどで渡りきれるくらいの長さ。これが大きいのか小さいのかは比較対象がないからわからないけれど、私はこの町で重要な存在だってことは間違いないわ。だって私がいなくなるとこの町の人たちは川を渡れないんだもの。泳ぐって選択肢もないことはないんだろうけど、私に慣れすぎたこの町の人たちにそんな力はないでしょうね。なんだか私ってこの町の人たちに依存されているような気がするの。悪い気じゃないわね。

　通り過ぎる人たちは私に意識があるだなんて考えたこともないでしょうね。だって喋らないし動きもしないんだから。もしかすると私以外のモノにも私のように意識が存在しているのかもしれないって時々考えたりもするの。それは下で流れている川もそうだし河川敷に生えている草とかもそうかもしれない。私を構成しているコンクリートや鉄の塊にも意識があるのかもしれない。考えたらキリがないけど、大小構わず全てのものには意識が存在していて私みたいに1人でお喋りしているのかもしれないって考えたらこの世界は随分と賑やかだと思わない？

　私はもう何年も何十年もこの町を眺め続けているの。ただ同じ場所に居続けているだけだけれど、ここでは本当に色々な事が起こるわ。良い事も悪い事もね。でも記憶に残るのはどうしても悪い事ばかりになってしまうの。私の上で事故を起こす車の事だったり、河川敷で殴り合いをして動かなくなったり、川に飛び降りた酔っ払いがそのまま上がってこなかったり。流石に可哀想だしなんとかしてやりたいって気もするけど、何も出来ない私はただジッとそれを眺め続けているの。薄情かもしれないけど仕方ないでしょ？　だって私は橋なんだもの。どんな事があろうと、ただ傍観者として眺め続ける。それが橋に生まれた宿命ってわけ。でも私は橋でよかったって思うの。だって生き物に生まれていたら、私が今まで傍観してきたあらゆる出来事の当事者になるかもしれないじゃない。そりゃ良い事もたくさんあるのだろうけど、悪い事の比率の方が多いとしか思えないわ。嫌よそんなの。事故にも遭いたくないし、川に転落も嫌。良い事もなければ悪い事もなく、ただ平坦としてる方が私には合ってる気がするの。傍観者としているのってすごく楽なのよ。橋を渡る人の会話を盗み聞きするのなんかもとても楽しいわ。今も私の上を歩く2人組が何か喋ってるわ。

2

「なぁ、高校の時の数学の中島《なかじま》先生覚えてる？」

「覚えてるけどどうした？」

　2人は大学生ぐらいの年齢かしら。1人は自転車を押して、もう1人はリュックを背負って歩いているわ。

「この前なんとなく中島先生のフルネームで検索したらさ」

「え、なになに？　なんか事件とか起こしてた？」

　自転車の彼が嬉々として食いついた。なんだか刺激に飢えてるみたいね。

「いやいや全然そういう話じゃなくて。普通にＳＮＳのアカウントを見つけたんだよ」

「あー、なんだ。それで？」

　自転車の彼は少しガッカリした様子。

「まあ興味本位で見てみたんだけど、飽きてやめちゃったのか最後の更新が2年前とかだったんよ」

「2年前っていったら俺たちが卒業した年ぐらいか」

「大体そのくらいだな。で、結構プライベートな写真とかも上がってて、サーフィンに行った時の写真とか、他の先生たちと飲みに行った写真とか奥さんの写真とか」

「あー、まぁ普通のアカウントって感じだな」

　自転車の彼の声から段々と興味が失せていく。

「普通のアカウントではあったんだけど、なんか俺、見てはいけないものを見てしまったような感じがしてすぐ閉じちゃったんだよ」

「え、なんでだよ」

「なんか先生方にも普通のプライベートな生活があるってことに違和感があって」

「えー、そりゃあるだろ」

「いやいや、なんか俺らがさ、普段授業で見てた中島先生って、中島先生っていうキャラクターにすぎなくて、中島博《ひろし》ではなかったんだよ」

　リュックの彼は遠くを見るような目で言った。

「中島先生、下の名前博って言うんだ。でもそれは先生だからそうなるでしょ。中島博として関わりたかったの？」

「いやいやそういうわけじゃないんだよ。なんか俺、中島先生っていうキャラクターだけが中島博の全てだと思ってたから、別の面もあるという事実とか、なんか急に人間味を感じて居心地が悪くなったんだよ」

「あー、なるほどね。なんかお前って人の全部を知りたがるとこあるもんな」

「だから、多分俺の中での中島先生は中島先生のまま終わらせておきたいと思ってすぐに閉じたんだと思う」

「お前中島先生と仲良かったっけ？」

「いやそうでもないよ」

「なんだよそれ。えー、ちょっと俺も調べてみよう。あれ？　３日前に更新されてるよ」

「マジで？　タイムリーだな」

「へー、なんかサウナにハマってるっぽいね」

「サウナか。今なら話が合いそうだな」

「お前サウナ好きなの？」

「俺は生粋のサウナーだぞ。週に２回は整いに行ってるよ」

「整うってなんだよ」

「あー、それも知らない感じか。今度連れて行ってやるよ」

「まぁ今度ね」

「なんか駅の近くにゆ〜りかっていう良い銭湯があるらしいからさ、そこでデビューするのもありだよ」

「もしかしたら中島先生いるかもよ?」

「ちょっと教師とはサウナで会いたくないな」

「流石にもう転勤してどっか行ってそうだけどな」

2人は私を渡りきると、住宅街の方へ消えていった。彼らが話していた銭湯は西側にある煙突の生えた建物のことだろう。ここからそう遠くはない場所なので、煙突の先端部分だけ見ることが出来る。人は風呂という温かい水に浸かる習慣があるらしいの。銭湯はその温かい水を提供する施設のことらしい。決して見ることは出来ないのだろうけど、どんな外観をしているのかだけは少し気になるわね。

3

夕方のこの時間帯は人通りが多いからあまり退屈しないのよね。私が耳にするのは学生同士の会話が多いわ。だって橋を歩いて渡る人の大半が若い学生なんだもの。この町の人は大人になるとみんな車に乗るようになって歩かなくなるの。だからどうしても私の耳に入ってくるのは学生の会話が多くなってしまうの。今度は2人組の坊主頭の中学生が来たわ。

「じゃあ先にどれを観ればいいの？」

「これはよく訊かれるんだけどシャークマンの『1』だね。ちなみにだけど、『シャークマン1』はゴーストヘルメットの『2』を観てるとより楽しめるよ」

「ゴーストヘルメットって何？」

「同じスタジオが作ってるヒーロー映画。これも話が繋がっているんだよ」

「え？　じゃあ先に『ゴーストヘルメット2』を観ればいいってこと？」

「まぁその方が楽しめるよってだけの話」

「なるほどね。でも『ゴーストヘルメット2』ってことは1から観た方がいいよね？」

「そりゃ1から観た方がいいに決まってるだろ」

「えっと、じゃあ先にゴーストヘルメットシリーズを観て、その次にシャークマンを観ればいいってことね」

「あ、でもね、ゴーストヘルメットはギアリングシリーズ観てからの方が小ネタが多くて楽しめる」

「なんだよギアリングシリーズって」

「ギアリングシリーズも同じスタジオで作ってるヒーロー映画。これのエンディングの後に流れる映像がガチでヤバいの」

「ちょっとネタバレはやめろよ」

「このくらいじゃネタバレにならないだろ」

「いや、エンディングの後に何かあるってこと自体がネタバレなんだよ」

「いやいや、このシリーズは全作品エンディングの後になんか流れるから」

「おい言うなよ」

「これもダメなのかよ」

中学生２人組は私を渡りきり、そのうち会話も遠のいて聞こえなくなった。

橋の辛いとこね。話の途中でもどこかへ行ってしまうと聞こえなくなってしまう。今みたいにくだらない内容ならいいんだけど、先が気になるような話の時は橋に生まれたことを恨んじゃうわ。

4

それから時間が経って日は沈み、町に深い夜が訪れたの。人通りも車通りも少ない。この時間が１日で一番退屈なの。聞こえるのは川の流れる音だけでなんのアクションも起こらない。車が通るのも30分に1度くらい。

こんなことなら酔っ払いが落ちてくれた方が退屈しないのにとか考えちゃったりもしちゃうわ。でもまだこれが夜だけだからいいわよね。もしこの町がゴーストタウンにでもなったらとかたまに考えちゃうの。だって昔に比べて明らかに人の数は少しずつ減ってきてるもの。若い子はみんな仕事のある別の町に行っちゃうって高校生が話していたわ。もしこの町から人がいなくなったらきっと夜だけじゃなくて昼間も退屈になるんでしょうね。なんだか考えただけでもゾッとするわ。でもただの橋の私に出来ることなんて何もないの。解決しないことは考えるだけ無駄なのよ。私はいつも通り毎日をやり過ごせばいいの。

そんなことを考えていると東側から誰かが近づいてくるのが見えた。真っ白なパーカーを着た高校生か中学生くらいの男ね。ランニングをしているようにも見えないし、こんな時間に1人で何をしているのかしら。

彼は私の中心まで来ると立ち止まり、背負っていたバッグをその場に下ろして中から筒状の何かを取り出した。彼は取り出したそれをスッとその場に置くと、辺りを見回した。誰かに見られてないか警戒しているみたいね。一体何をしでかす気かしら。筒状の物体にはモニターとボタンも用意されている。彼はそれを指で押すと、走ってその場を後にした。ちょっと、私の上に変なものを放置しないでよ。一体何を置いたのかしら？

筒状のそれは、捨てられた飼い猫のようにポツンと私の上で放置され、毎秒ピッ、ピッという電子音を立てている。車にぶつかりでもしたら危ないので、退かしたいところではあるけれど、例のごとく私はただ見つめるだけ。はぁ、本当にこういう時はもどかしくて仕方がないわね。

ピッ、ピッ、ピッ、ピッ。

私の上で一定の間隔で電子音が鳴り続けている。さっきの少年が戻ってくる気配はない。不法投棄とか本当に勘弁して欲しいわ。日が昇って警察に撤去してもらうまでしばらくの辛抱になりそう。

ピッ、ピッ、ピッ、ピッ。

暗闇の中で耳障りな電子音が鳴り続ける。

しばらくすると、それはピーッという甲高い音を上げた。その瞬間、筒状の物体は、周囲に破片を散らし炸裂したの。静かな夜の町に爆音が鳴り響く。私の体は衝撃と爆風で瞬時に崩れ、中心部分は力なく崩壊し、私の中央に大きな空洞が出来た。

私は理解が追いつかなかった。

周囲に破片が飛び散り、煙が高く舞い上がる。一体何が起こっているの？　互いに支え合うことで保たれていた私の体は、その核となる中心を失ったことでバランスを崩し、落下した破片の後を追うようにボロボロと両端に向かって崩れ落ちた。

　何年も何十年もこの町を眺め続けていた、傍観者であり続けていた私が突然当事者になったの。今まで考えてもこなかったけど、私にも終わりが訪れる可能性はあったのよ。いざその時が訪れた時、私は思考する間もなくただその事実に打ちのめされるしかなかった。きっと事故を起こした車も橋から落ちた酔っ払いもそうだったのかもしれない。私の意識は体が崩れ落ちていくのに比例して、薄まっていく。

　そのうち私は川に落ち、全てを失い、飛沫をあげ、そして町から消えたの。

「流石にこれは現実では起こっていないよな？」

　金崎は恐る恐る若松に尋ねる。

「それはそうでしょう。現に僕たちもあの橋を渡ってここに辿り着いているんですから」

　若松の言う通り、あの橋は今のところ崩壊はしていない。この目でもはっきり見ている。

　金崎は1度本を閉じる。表紙には変わらず「計画書」とだけ書かれている。

「なぁ、もしこの本が単なる創作物じゃなくて、小説風に書かれたテロリストの計画書だとしたらどうする？　タイトルとも合致すると思わないか？」

　金崎は手を後ろに組み、名探偵のように言った。

「どうしてわざわざそんな回りくどい書き方をするんですか」

「この書き方なら、誰かに見つかってもバレないからですよ若松くん」

　若松も、まさかと疑念を抱いてはいるものの、これまで書かれてきたことが一部現実でも起こっているのも含めるとあながち間違いではない気もしてくる。しかし、もし仮にこの本が本当に計画書で、書いてあることを次々に実行しているのだとすれば、橋が爆破されることもあり得るだろう。しかし、そんなこと本当にあるのだろうか。猫の話があるのを踏まえると、単なる創作物である可能性は大いにある。

「でも金崎さん、現実に起きていることと計画書に書かれていることは完全に一致しているわけではないですよ」

「そりゃ、あくまで計画なんだから多少変わったりだとか失敗することだってあるだろ」

「じゃあもし、この計画書の通りにあの橋が爆破されたとしたらどうするんです」

「そりゃ、この町は終わるだろ。あの橋がないと町が東西に分断されるし、他の町に行くための通り道って役割がこの町から消えちまう」

「修復しようにも、こんな地方に回すだけのお金が今の国にあるとは思えませんよ」

２人の間に沈黙が流れる。

若松は考える。この本は一体なんなのか。それにこの金崎という男は何者なのか。なぜ自分はこんな不可思議なことに巻き込まれているのか。若松は自分が誰かの手のひらの上で踊らされているような気がしてならなかった。次第にこの場にいること自体にも居心地の悪さを感じ始めていた。

金崎を見ると彼は既に次の話を読んでいるようだった。ただ、その表情はどこか変だった。

第8話　ポリスポリス

あ〜らよっとで水にバシャンと浸かった瞬間に俺はこの世のものではなくなった。要するに死んじまったって話だ。これは別に誰かに殺されたとか人生に行き詰まって命を絶ったとかそういう重たい話じゃない。なんてったって俺は元々ハッピーな人間だからな。つい飲みすぎて楽しくなって川に飛び込んじまったんだ。あの時は頭がフワフワでよ。特に暑い日でもなかったんだけど、頭がやけに熱くなっちまってな。バリカンで丸刈りにするのもよかったんだけど、水に飛び込んだ方が早いだろと俺は思っちまったんだ。何よりそっちの方が楽しそうだろ？　それで俺はバンジージャンプのごとく橋から思いっ切り川に飛び込んだわけよ。もちろん紐はついてないからそのままバシャーンだ。ビックリしたよ。水ってあんなに硬かったんだな。俺は一瞬で意識を失ってそのままお釈迦というわけだ。死んだ後どうなるのかなんてあまり考えたことなかったけど、よく聞く怖い話みたいに俺は幽霊になっちまった。

　ただ目が覚めた時にはもう俺が暮らしていた時代じゃなくなっていたんだ。最初は俺も勘違いしちまったよ。映画で観るようなタイムトラベルだって。でもしばらく町をフラフラして気づいたんだ。誰も俺の姿が見えていないって。まぁそう簡単には受け入れられなかったけども、死んじまったものは仕方がねぇだろ。どうすることも出来ないなら気持ちを切り替えるしかねぇ。そう思った俺は自分の家に帰ってみることにしたんだ。家に着いてビックリしたよ。あんだけローンを組んで買った夢のマイホームがゴーストハウスみたいな廃墟になってるんだから。さすがの俺もショックだった。時間の経過がここまで建物を老朽化させるなんてな。他に誰かが住んでる方がまだマシだったよ。俺はせっかく家の前に来たというのにその場を引き返した。中をじっくりと眺める勇気はまだなかったね。

　そんな俺が向かった先は元職場の交番だ。意外だろ？　こんなんだけど一応警察官なんだぜ？　もしかすると歳取った同僚の姿が見れるかもと思ったんだけど、中にいたのは明らかに新人の若い男だった。しかもそいつときたら勤務中なのにもかかわらず居眠りしてやがる。ムカついた俺はそいつに近づいて起きろと叫んだんだ。どうせ聞こえやしないと思ったが、驚くことにそいつは飛び起きて俺目掛けて敬礼なんてしやがる。もしかすると本当は俺は死んでいないのか。また１つ疑問が生まれてしまった。ただこの新人警官が霊感持ちという可能性だってある。俺はとにかくこの場を自然にやり過ごそうと、秘密裏に町に来ている公安だと嘘をついた。若松と名乗るその新人警官はまんまと騙されたよ。

「おいちょっと待ってくれ」

金崎はページをめくる手を止めて若松を見る。若松も明らかに動揺した様子で言葉が出てこない。

「どうなってるんだ。どうしてさっきまでの俺について書いてあるんだ」

「僕の名前も出てきてますよ。ていうか金崎さん死んでるんですか？」

死んでるよと金崎は安易に答えられなかった。金崎自身も自分が死人なのかタイムトラベラーなのかわかっていないからだ。この物語で書かれている金崎の行動パターンも心情も似てはいるが一致しているわけではなかった。

「わからねぇ。一体何が起きてるんだ」

「とにかくもうこの本を読むのはやめましょう。これまでの感じからしてほぼ確定でバッドエンドが待ちうけているんですから」

「だとしたら読んでも読まなくても一緒だろ。それに俺が本当に死んでいるんだとしたらこれ以上どう悪く進むっていうんだ」

「金崎さんはもうバッドエンドかもしれないですけど、僕がまだわからないんですからやめてください」

若松が必死に金崎から本を奪おうとする。

「じゃあいい、結末だけ、結末だけ確認しよう。お前は見なくてもいいから」

金崎はそう言うと、1度本を閉じ、裏返しにしてから最短ルートで最後の話を開いた。するとそこは金崎の結末ではなく、作者のあとがきが書かれていた。

あとがき

小学生の頃、突然教室にテロリストが来て学校を占拠する妄想をよくしていた。自分はそのテロリストを撃退し、警察に表彰され、ヒーローとして全国ニュースに出演する。現実的に考えてそんなことはほぼゼロに近いくらいあり得ない話なのだが、僕はそんなことを考えながらいつも1人でワクワクとしていた。どうしてわざわざテロリストが小学校を占拠したりするのか。どうしてわざわざこんな田舎町を選ぶのか。あまりに突飛で現実的ではない妄想だが、妄想であるが故にそれは許される。

現実はいつだって退屈だ。僕が想像する刺激的な出来事はこんな田舎町では到底起こるはずもない。この町に住んでいる限り、退屈で平坦な日々はいつまでも続いていく。

でもそんな暮らしを面白くする唯一の方法があった。それは自分の町を舞台に物語を作ることだった。人工衛星を落下させたり、地下都市を形成させたり、怪物を出現させたりと、創作の世界ならなんでも許される。それがたとえ非道徳的なことだったとしても。

僕はこの町でどんなことが起こったら面白いのかしばらく考えた。橋から川を眺めたり、フードコートで遠目にアイドルのライブを眺めたり、人の少ないサウナでじっくりと考えることもあった。思いついては家に帰ってパソコンを開き、黙々と執筆作業に取り掛かった。

退屈だった日常にようやく彩りが生まれたような気がした。食い逃げをしたり、猫になったり、橋を爆破したりと自分の町でやりたい放題だ。登場人物は決まって後味の悪い最後を迎える。その方がリアリティが生まれ、現実とリンクするような気がした。

ある程度作品が溜まってきた頃、自分の中にこれを誰かに読んで欲しいという欲求が生まれ始めた。これだけ面白い作品を自分の中だけで留めておくのは少し勿体ないのではないかと。ただ。僕にはこれを読ませる友達もいなければネットに公開する度胸もなかった。

そこで僕は思いついた。読む人がいないのなら作ればいいと。ないものを作って日常を彩ってきたのが僕の人生だ。僕はこの作品を読んでもらうために追加でもう１つ物語を書いた。新人警官と過去から来たベテラン警官の話だ。彼らは物語に導かれるようにして郊外にある廃墟へと足を踏み入れる。そこで僕が書いたこの本を読むことになるんだ。もちろんこの２人も例には漏れず、最悪な結末を迎えることになる。

本を読み終えた2人の元に突然爆弾少年が現れ、何の脈絡もなく2人を吹き飛ばそうとする。彼は僕と同じく、中学の頃、文化祭で激しい屈辱を味わった経験を持っている。その屈辱を町全体を使って晴らそうとするのだ。少年は国家権力である警察官を廃墟もろとも爆破し、その足で町の中心にある橋を爆破する。橋が機能しなくなった町はやがて経済が滞り、ジワジワとゴーストタウンへと変貌する。なかなかに後味の悪いラストだろ？

その話を書き終えた僕は現実の廃墟へと向かったんだ。原作通り、廃墟に本を置くことで、これら物語をまるで現実でも起こっているかのようなものにしたかった。幸いにもドアに鍵はかかっていなかったので僕は中に侵入することが出来た。そして最後に今このあとがきを書いている。僕が伝えたか　　　誰かが来たのでここまでにする。

「おい待ってくれよ」

金崎は頭を抱えた。若松も理解が追いついていない様子だ。これはどっちなんだ？　自分たちはこいつが書いた小説の登場人物なのか？

「金崎さん……」

「いや、まさかそんなはずはない」

「ですよね、これはあくまでノンフィクション風の小説で」

「そうだ、こうやって自分の目で自分の姿を見ることが出来てるし、でももしそう描写されているものだとしたら……」

金崎の声が小さくなる。

「最後の終わり方もよくわからないです。誰か来たってブツンと終わってるじゃないですか。もしかして、この誰かって僕たちのことなんじゃないですか？」

「クソ！　わけわかんないように書きやがって。でも、もし仮にそれが俺たちだったとしたら、ここは現実の世界ということだろ。でももし違うならこれから最悪な結末を迎えることになる。俺もお前もこの町もだ」

２人の表情はどんどん曇っていく。もしかしたらここに来てすぐなら著者を捕まえることが出来たのかもしれない。ただもう時間が経ちすぎているし、ここがどの世界なのかも２人は把握出来ていない。

ピンポーンとチャイムが鳴った。２人の背筋が同時に伸びる。

「誰か来たぞ」

「もしかしたら爆弾少年じゃ」

ギィーとドアが開く音がした。何者かが廊下を歩いてくる。古い床を軋ませ、一歩一歩リビングに近づく。金崎と若松の額に冷や汗が流れる。足音はリビングのすぐ手前で止まり、廊下から何者かが顔を覗かせた。

「おいおい、先客かよ」

黒いスーツを身に纏い、モサモサのアフロヘアーをした色黒の男だった。予想もしていなかった人物の登場に金崎も若松も唖然とする。

「なんだよ無視かよ。もう少し歓迎してくれたっていいんじゃねぇか？」

男は腕を広げて豪快に笑う。金崎と若松は目を見合わせる。２人の様子を見た男は笑顔をやめ、金崎に近づき本を取り上げた。

「ふーん、なるほどな」ページをめくりながら男は何度も頷く。

「なんなんですか？」震える声で若松が言う。

「これは良くない方の本だ。なんつったって俺が出てきてねぇからな」

男はそう言うと廃墟が揺れそうなほど大きな声で笑った。

「全く状況が掴めないんだがどうなってるんだ」と金崎。

「この『計画書』はひでぇ作品だよ。そりゃもうとことんな」

「どういうわけか説明してください」

若松は腰の拳銃を抜いて男に突きつける。

「おいおいヒーローにそんな物騒なもの向けるなよ」

男は手を挙げたが余裕そうにしている。

「ヒーロー？」と金崎は訊き返す。

「そうだヒーローだ。お前たちが読んだこの本の中には出てこなかったけどな」

未だに理解が追いつかない２人は何も訊き返せない。

「そうだなぁ、具体例を出そうか。こっちの本の最初に出てくるサウナの大学生２人組は死んでるだろ？　でも死んでない本も別にあるんだ。実際のこっちの世界ではどうだ？２人は何者かに救助されて一命を取り留めているはずだ。その何者ってぇのが俺だ」

　男は満面の笑みで自分を指さす。

「他にもこの本の中だったらほとんどの奴らが死ぬか発狂エンドだ。本当に意地悪な本だよな。俺はそういった奴らを救助するためにやってきたヒーローって話。たまにしくじったりもするけどな」

　男は歯を剥き出して笑って２人を見つめる。

「じゃあ僕たちは結局小説の中の登場人物ではなかったということですか？」

　若松が困惑した様子で男に尋ねる。

「いや、登場人物ではあるが現実の人物でもある。俺もお前たちもな」

「もっとわかりやすくどういうことか説明してくれよ」

「お前らもご存知の通り、この本の著者が書いたような出来事は現実でも実際に起こっている。ただ俺たちはその１個上の次元にいると考えてもらいたい」

「わけがわからないですよ」若松は頭を掻きむしる。

「つまりそうだなぁ、わかりやすく説明するっていうのも難しいな。この本の著者がしたようにこっちの次元でも物語は作れるって話だ。それを操っているのは俺たちのさらに上にいる存在だけれどな。だからこの世界ではお前らが読んだ本には出てきていない俺が登場しているってわけだ」

「じゃあ、だとすると結局僕たちは小説の登場人物で作り物だってことですよね？」

若松はわかりやすく肩を落とす。

「そう落ち込むことはねぇ。ドキュメンタリー映画だと思えばいいだけだからな」

「ドキュメンタリー映画？」と金崎は訊き返す。

「そうだ。あれだって現実を切り抜いたものでも一応作品ではあるだろ？　エンドロールが流れれば作品自体にも終わりがくる。でも作品に映っていた登場人物の人生はその後も続いているだろ？　それと同じで俺たちはこの本が終わってもまだまだ続くし、歳も取るはずだ。これを読んでる奴らだって誰かに書かれた作り物かもしれねぇしな」

「なんだかキリのない話ですね。じゃあどうしてあなたはこちら側だけにいるんですか？」

「そりゃ本当のことはわからねぇけど、この本を読んで登場人物たちを不憫に思った奴が俺みてぇなのを送り込んでどうにかして欲しかったんだろ。知らねぇけど」

「じゃあつまりお前がここにいるってことはこれから何かが起こるってことでもあるんだよな」

金崎が恐る恐る男に尋ねる。

「当たりめぇだろ。まぁでもいちいち気にする必要はねぇ。現実だろうと虚構だろうと、今見えてる世界が本物だ。仮に上の存在にストーリーを決められていたとしても、主観じゃお前の選択だと錯覚する。考えるだけ無駄ってだけだ」

ピンポーン。廃墟に再びチャイムの音が鳴った。３人は一斉に廊下に飛び出し、玄関を見つめる。あのあとがきに書いてあることが確かなら爆弾を持った少年が訪ねてくるはずだ。そしてこの家と橋を爆破するに違いない。バッドエンドがすぐそこまで迫っている。ただ幸いなことに、ここはあの本の世界ではない。上の次元にいる何者かが救いのある展開を用意してくれているはずだ。きっとこの男に良い作戦があるんだろう。

「プランはなんだ?」と金崎は男の方を向く。

男は白い歯を剥き出しにして言った。

「ノープランだ」

初出

本作は雑誌『ダ・ヴィンチ』（KADOKAWA）
2021年10月号〜22年11月号に掲載された
「スピンオフな町」を改題の上、大幅に改稿し、
単行本化したものです。

コウイチ

1996年、北海道生まれ。
高校1年生のときに
YouTubeチャンネル「kouichitv」を開始。
3分以内の自作自演によるショートコメディが主で、
ホラーやSF、都市伝説など様々な要素を取り混ぜた
シュールな世界観が支持を集める。
2018年には札幌国際短編映画祭で
「最悪な1日」が特別賞を受賞。
著書にフェイクエッセイ
『最悪な一日』（KADOKAWA）がある。

計画書

2023年3月1日　初版発行

著者
コウイチ

発行者
山下直久

発行
株式会社KADOKAWA
〒102-8177 東京都千代田区富士見2-13-3
0570-002-301（ナビダイヤル）

印刷・製本
図書印刷株式会社

［お問い合わせ］
https://www.kadokawa.co.jp/
（「お問い合わせ」へお進みください）
⦿内容によっては、お答えできない場合があります。
⦿サポートは日本国内のみとさせていただきます。
⦿Japanese text only

定価はカバーに表示してあります。

ISBN978-4-04-682083-9 C0093